Liz Freeks

Purgator

Brennende Höhlen

Bibliografische Information der Deutschen Nationalbibliothek: Die Deutsche Nationalbibliothek ver-
zeichnet diese Publikation in der Deutschen Natio-
nalbibliografie; detaillierte bibliografische Daten
sind im Internet über http://dnb.dnb.de abrufbar.

Lektorat: Claire Larsen

Verlag: BoD · Books on Demand GmbH,
Überseering 33, 22297 Hamburg, bod@bod.de

Druck: Libri Plureos GmbH, Friedensallee 273, 22763
Hamburg

ISBN: 978-3-8192-9616-1

Inhaltsverzeichnis

VORWORT

Lieber Leser,

das Werk, welches du in den Händen hältst, ist der zweite Teil von Hinas Abenteuer. Um Verwirrungen und Unklarheiten vorzubeugen, erkläre ich hier noch einige Details in Kürze:

Menschen: Kompatibel mit verschiedensten Blutsorten. Bisher war es nicht möglich, mehr als zwei verschiedene Arten in einem Menschen zu vereinen.

Drachen: Die Allgemeinheit denkt, sie seien ausgestorben, aber ein Exemplar lebt noch auf der Insel Vardra und wird von der Öffentlichkeit abgeschirmt.

Dagons: Halb Frosch, halb Mensch. Sie sind in der Lage, das Wasser zu kontrollieren und von Natur aus Pazifisten.

Olgois: Vettern der bekannten Orks, schmächtig gebaut und mit enormer Körperkraft ausgestattet.

Nugri: Die nächste Entwicklungsstufe der Schnecken. Sie sind zäh und können wochenlang ohne Nahrung und Flüssigkeiten überleben, gelten generell als ausgestorben.

Lindwürmer: Eine Unterart der Drachen, in lockerem Boden wie Sand beheimatet. Sie haben keine Extremitäten und ihre Zähne besitzen ein Gift, welches einen innerhalb von Sekunden tötet.

Griffis: Zum Leben erweckte Pflanzen. Es gibt sie in verschiedensten Formen und Arten, tendenziell nostalgische Geschöpfe.

Das Wesen des Wassers: Eines der fünf Elemente. Herrscher über die Insel Vardra und stiller Strippenzieher.

Die Macht des Blutes: Sobald ein Mensch das Blut eines anderen Volkes in sich aufnimmt, übernimmt es automatisch dessen Stärken. Bei mehreren Blutarten kann das Übernehmen der Stärken ein langer und schmerzvoller Prozess werden.

Die Hüter der Elemente: Sobald sich ein Lebewesen zu einem Hüter qualifiziert hat, steht es in ständigem Kontakt mit dem Elementarwesen. Er ist in der Lage, durch das jeweilige Element sämtliche Informationen aufzunehmen und die Geschehnisse mitzuverfolgen. Es ist möglich, mehrere Hüter zu rekrutieren, dessen Rang dann auch die Stärke definiert.

ZURÜCK NACH XYR

Das Boot, welches Hina und Gil von den Dagons bekommen haben, fährt sicher über das Meer. Von der Strömung, die sie vor einem Jahr auf die Insel Vardra gebracht hat, ist nichts mehr zu spüren. Gil hält ein kleines Tongefäß zwischen seinen Beinen, während Hina gleichmäßig rudert. Stille herrscht zwischen den beiden. Soras Beerdigung war vor gerade mal zwei Tagen. Doch sie hat immer noch nicht die richtigen Worte gefunden, um mit ihm über das Geschehene zu reden. Der Schock über das Geschehene sitzt noch zu tief. Hina hat die Menschen auf dieser Insel ausgelöscht. Einen weiteren Krieg zwischen den Völkern verhindert, die Sicherheit des letzten Drachen gewährleistet und ihre erste und einzige Freundin verloren. Gil wurde während der Folter im schwarzen Kloster seiner Sinne beraubt. Und nachdem er kurz mit seiner Zwillingsschwester wiedervereint war, hatte sie sich für Hina geopfert.

„Wie werden sie wohl reagieren?"

Hina sieht zu ihrem Begleiter. Gil starrt weiter auf die verzierte Urne.

„Wie werden wohl unsere Eltern reagieren?"

Anscheinend hat Gil nicht das Bedürfnis mit ihr zu reden, weshalb Hina für sich nickt und weiter rudert. Die Stille wird erst wieder unterbrochen, als Möwen über ihren Köpfen schreien. Die Fischerhäuschen von Xyr sind in Sichtweite.

Gil streichelt das Tongefäß, welches mit der Asche seiner Schwester gefüllt ist.

Hina sieht ihm aus dem Augenwinkel zu. Sie kann sich gar nicht vorstellen, wie es sein muss, seine zweite Hälfte zu verlieren. Schließlich waren die Zwillinge unzertrennlich.

Nachdenklich sieht sie zu den Möwen am Himmel.

Langsam kommen sie dem Ufer immer näher.

„Wo wirst du sie begraben?"

„Im Wald."

„Darf ich mitkommen?"

Gil schüttelt den Kopf.

„Das will ich mit meinem Vater tun."

Der Strand ist leer, wie schon bei ihrer Abreise. Die Holzhütten stehen am Waldrand, alles ist ruhig. Die Fischer schlafen vermutlich, da sie wegen der gefährlichen Strömung nur nachts arbeiten.

Wären sie damals doch nur nachts herausgefahren.

Hina befestigt das Boot mit einem Seil am Steg. Gil hält das Gefäß mit der Asche mit beiden Händen und starrt auf den Wald. Sein kahlgeschorener Kopf glänzt in der Sonne. Mit den weißen Gewändern sieht er aus wie ein Priester. Hina gesellt sich zu ihm. Ihre rote Haarmähne weht im Wind. Auch sie ist in weiße Gewänder gekleidet.

Still gehen sie den Weg durch den Wald. Hina nimmt viel mehr wahr, auch fällt ihr der Weg um einiges leichter als letztes Mal.

Die verschiedenen Blutarten, die sie in sich trägt, erleichtern ihr enorm den Weg. Mit ihren nackten Füßen spürt sie jede Wurzel, jedes Blatt und weicht den kleinen Krabbeltieren aus. Leichtfüßig spaziert sie zwischen den Büschen und gibt keinen Ton von sich.

Still starrt sie Gils Rücken an. Er geht stur vor ihr und hält die Asche vor sich wie einen Schatz. Sie kann seinen schweren Atem hören.

„Kann ich dir helfen, Gil?"

Ruckartig bleibt er stehen.

„Ich höre doch wie es dir schwerfällt. Lass mich dir helfen …"

Hina streckt eine Hand nach ihm aus und hält inne, als sie ihn schreien hört.

„FASS MICH NICHT AN!"

Stille.

Hina steht da wie vom Blitz getroffen, ihre rechte Hand noch ausgestreckt.

Immer noch mit dem Rücken zu ihr gewandt, redet er in einem angespannteren Ton weiter.

„Ich habe nachgedacht. Warum das alles passiert ist. Und egal wie ich es drehe und wende, am Ende ist es immer deine Schuld."

Er dreht sich langsam zu ihr und sieht sie mit Ekel in den Augen an.

Ihr bleiben die Worte im Hals stecken.

„Wenn du dich nicht so vor dem Reh erschreckt hättest, wäre Sora nicht auf die Idee gekommen, diesen bescheuerten Ausflug zu machen. Hättest du dich nicht von diesem verfluchten Lindwurm erwischen lassen, wären wir nicht von den anderen abhängig gewesen."

Seine Stimme klingt ruhig und bedrohlich. Hina kann gar nicht anders, als ihn anzustarren.

„All das wäre aber gar nicht so schlimm gewesen. Doch dann hast du dich von deinem Halbbruder flachlegen lassen und uns den Rücken zugekehrt."

Alles in ihr schreit. Die Erinnerungen spielen sich vor ihrem inneren Auge ab. Demitri, der sie verführte und ihr einige Wochen danach das Schwert in den Rücken rammte, Sora und Gil, die sich für sie opferten, und wie sie beide dann aus ihrem Sichtfeld verschwanden.

Ihr wird heiß und kalt gleichzeitig. Unter Gils Blick hat sie das Gefühl, zu ersticken.

Er steht ruhig da, seine Hände um die Asche seiner Schwester geklammert.

„Danach hast du beschlossen, die Menschen zu töten. Eigentlich sollte ich mich glücklich schätzen, noch am Leben zu sein."

Weder Ironie noch Sarkasmus. Hina realisiert, dass er jedes Wort ernst meint.

„I-ich bin doch auch ein-"

„Nein, Hina. Ich hab keine Ahnung, was du bist. Aber bestimmt kein Mensch. Jedenfalls nicht mehr."

Sie versucht sich zusammenzunehmen, doch eine einzelne Träne findet trotzdem den Weg ihre Wange hinab. Sie weiß nicht, was sie tun soll.

Gil nimmt ihr die Entscheidung ab. Er dreht sich um und geht weiter in den Wald.

Steif wartet sie, bis er außer Sichtweite ist. Zu hören, wie ruhig und sicher er seine Schritte durch den Wald geht, versetzt ihr einen Stich.

Als würde sie sich nicht selbst schon genug Vorwürfe machen. Zu wissen, dass Gil genauso denkt, lässt das Loch in ihrer Brust nur noch größer werden. Vor allem, da er während Soras Beerdigung auf der Insel noch ihre Hand gehalten hatte.

Eine Träne nach der anderen wandert ihr Gesicht hinunter. Zögerlich macht sie einen Schritt nach dem anderen. Die Jagdhütte, Gils Zuhause, ist direkt am

Waldrand. Wenn sie dem Weg weiter folgt, wird sie daran vorbeilaufen.

Hina erinnert sich an seine kalten Augen und biegt rechts ab. Auch wenn sie noch nie in diesem Teil des Waldes war, hat sie keine Mühe, sich zurechtzufinden. Ihre Sinne sind nicht nur geschärft, auch ihre körperlichen Fähigkeiten sind ins Unermessliche gestiegen. Sie hat während der gesamten Rückfahrt das Rudern übernommen, dennoch fehlt jede Erschöpfung. Auch wenn ihre körperlichen Fähigkeiten enorm zugenommen haben, bereut sie es langsam, die verschiedenen Blutarten in sich aufgenommen zu haben.

Während Hina durch den Wald schreitet, bemerkt sie die ungewöhnliche Stille um sich herum. Sie bleibt stehen und lauscht angestrengt, doch es ist nichts zu hören. Weder Vögel noch andere Tiere brechen die gespenstische Ruhe. Ein Gefühl der Unruhe breitet sich in ihr aus. Vorsichtig macht sie sich auf den Weg in Richtung Stadt. Je näher sie kommt, desto nervöser wird sie. Die Luft trägt einen seltsam vertrauten Geruch, und als Hina den Waldrand erreicht, versteht sie auch, warum. Die Stadt ist in Flammen aufgegangen. Ruinen zeichnen die Stelle, an der sie ihre Kindheit verbracht hat. So schnell sie kann, eilt sie nach Hause. Der Weg ist mit Asche bedeckt, die bei jedem ihrer Schritte aufwirbelt.

Erst als sie vor der Bibliothek steht, hält sie an. Die schwere Eichentür, die einst den wertvollen Inhalt des Gebäudes schützte, ist nur noch an den Scharnieren erkennbar. Die steinernen Wände sind pechschwarz, und das Dach weist mehrere Brandlöcher auf, durch die die Sonne strahlt und Hina einen Blick auf das Chaos gewährt. Schluchzend hält sie sich die Hand vor den Mund. Langsam bewegt sie sich zwischen den verbrannten Seiten und den Überresten der Regale zum Kamin. Der Steinkamin steht noch einigermaßen intakt, überzogen von schwarzer Asche. Hina sinkt auf den Boden. Sie kann ihre Trauer nicht länger zurückhalten. Mit einer Hand stützt sie sich am Boden ab und spürt das verbrannte Papier. Ein stechender Schmerz durchfährt ihr Herz. Ihre ausgeprägten Sinne werden von dem eisigen Geruch des Blutes und des verbrannten Holzes gequält. Sie klammert sich an die letzten Erinnerungen, die sie innerhalb dieser Wände hatte: das Geräusch des Gehstocks, wenn ihr Vater durch die Regale schritt, der leckere Duft von Grießbrei, den ihre Mutter im Nebenraum zubereitete, und das Gefühl, einen alten Lederband in ihren Händen zu halten. Was gäbe sie jetzt für all diese kleinen Dinge …

„Anscheinend hast du deine Menschlichkeit doch nicht ganz verloren."

Sie hört, wie Gil langsam durch die Asche geht.

„Lass mich in Ruhe!"

„Das Recht hast du nicht."

„Was?"

Sie dreht ihren Kopf, um ihn ansehen zu können. Ihre verquollenen Augen machen es ihr nicht leicht, Gil zu erkennen. Sein weißes Gewand ist voller Ruß.

„Du hast kein Recht, in Selbstmitleid zu versinken. Wir müssen sie wieder zurückholen."

„Wir?"

Gil sieht sich die Überreste der einstmals stolzen Bibliothek an. Seine Augen sprühen vor Zorn. Erst jetzt fällt Hina auf, dass Gil Soras Urne nicht mehr bei sich hat.

In ihrem Kopf geht viel zu viel vor, um geradeaus denken zu können.

„Wer war das ...?"

Ihre Stimme ist nicht mehr als ein stockendes Flüstern.

„Wenn ich das wüsste, wäre ich nicht hier."

Hina wischt sich die Tränen aus dem Gesicht und steht auf.

Sie versucht, sich zusammenzureißen.

„Wo ist Sora?"

„Ich habe ihre Asche begraben."

Während sie ihn mustert und seine dreckige Kleidung näher ansieht, spaziert er umher. Es scheint, als würde er ihrem Blick ausweichen. Gils Handgelenke sind rot, die Fingernägel eingerissen. Es ist nicht nur Ruß, sondern auch Erde auf seinem ehemals weißen Gewand.

Hina seufzt und versucht damit ihre Trauer herunterzuschlucken. Auch wenn es ihr nicht sonderlich gut gelingt.

„Du willst also mit einem Monster, wie ich es bin, zusammenarbeiten?"

„Nicht freiwillig. Und ich werde mich bestimmt nicht bei dir entschuldigen. Ich habe jedes Wort so gemeint, wie ich es gesagt habe."

Er macht eine kleine Pause, bevor er sich zu ihr umdreht und sie ansieht.

„Damit das aber funktioniert, musst du mir versprechen, dass du nicht wieder eine ganze Stadt auslöschst. Ich halte nicht viel von Mördern."

Als würde der Anblick ihrer verbrannten Bibliothek nicht schon genug schmerzen. Sie hat das Bedürfnis, sich zu erklären, und holt Luft, doch sie schließt ihren Mund wieder. Er hat sich seine Meinung über sie bereits gebildet. Und daran kann sie nichts ändern. Wenn sie ehrlich zu sich selbst ist, weiß sie auch, dass er recht hat. Nicht jeder Mensch auf der Insel von Vardra hatte den Tod verdient. Und doch hatte sie bewusst entschieden, jeden einzelnen zu töten. Es gibt nichts, was sie sagen könnte, um seinen Vorwurf zu entkräften.

„Ich verspreche es."

„Sprich es aus."

„Ich werde keinen Unschuldigen mehr töten. Das verspreche ich dir."

Gil nickt, nachdem er beschlossen hat, ihr zu glauben. Danach dreht er sich um und verlässt die Ruinen.

„Lass uns das Loch untersuchen."

„Loch? Welches Loch?"

Hina folgt ihm. Sichtlich verwirrt sieht sie sich um und versucht, das Loch zu finden, von dem er gesprochen hat.

Er geht still weiter, bis zum Marktbrunnen. Oder zu dem Ort, wo der Brunnen einst war. An seiner Stelle klafft ein riesiges Loch, aus dem Rauch steigt.

„Sag bloß, du hast das vorhin nicht gesehen."

„Ich hatte einen anderen Weg genommen."

Fassungslos starrt Hina hinab.

„Im Brunnen war ein Wasseramulett eingearbeitet."

„Wie kommst du darauf?"

„Ich hab's gesehen. Immer wieder. Laut Frederick hat Mutter es von der Insel mitgenommen."

„Also hatte dieser Wassergott auch ein Auge auf uns."

„Wahrscheinlich."

„Und warum?"

Hina schüttelt den Kopf.

„Das weiß ich nicht."

„Jedenfalls können wir mit ziemlicher Sicherheit sagen, wer das alles hier angerichtet hat."

„Stimmt. Wenn der Geist des Wassers existiert, ist es nicht abwegig, dass es auch einen Feuerteufel gibt."

Der Steinboden bröckelt am Rand, wo es steil hinab geht. Bei der näheren Betrachtung erkennt Hina, dass kleine Halterungen in der Schlucht vorhanden sind. Die Erdöffnung reicht unendlich weit nach unten und der Rauch versperrt ihr die Sicht. Wie weit es tatsächlich hinuntergeht, kann sie nicht genau sehen.

„Also Hina, was weißt du darüber?"

„Worüber?"

„Über dieses Loch. Vardra hattest du ja auch gekannt."

Hina steht seufzend auf.

„Über Vardra gab es ein Buch. Vermutlich hat es sogar meine Mutter geschrieben. Obwohl ich nicht weiß, warum sie meinen biologischen Vater als Held dargestellt hat."

Gil mustert Hina erneut. Er scheint abzuschätzen, ob sie die Wahrheit sagt. Sie schluckt ihre Empörung runter. Nach all dem, was passiert ist, wagt sie es nicht, ihm Vorwürfe zu machen.

„Hör zu Gil, ich habe keine Ahnung, was uns erwartet. Aber ich finde, wir sollten sicherstellen, ob wirklich niemand mehr hier ist. Die Fischerhütten sahen noch intakt aus. Und du brauchst auch Proviant. Vielleicht geht die Reise länger als uns lieb ist.

Abgesehen davon-"

„Wir brauchen Proviant."

„Was?"

„Du hast gesagt, dass nur ich Proviant brauche."

Seinem Blick ausweichend, fokussiert sie sich auf das riesige Loch vor ihnen.

„Ich kann Wochen ohne Wasser oder Essen auskommen."

Er zieht die Augenbraue hoch.

„Also doch ein Monster."

Hina seufzt und sieht sich um. Die verkohlten Ruinen um sie herum sehen alles andere als vielversprechend aus.

„Ich habe mich bereits umgesehen. Es ist niemand mehr da. Und den verbrannten Leichen nach zu urteilen, ist die Verwüstung noch nicht sehr lange her."

Überrascht sieht sie ihn an. Wie lange war sie in der Bibliothek? Wenn Gil in der Zwischenzeit nicht nur Soras Überreste begraben, sondern auch noch die Gegend abgesucht hat, muss eine Ewigkeit verstrichen sein.

„Glaubst du wirklich, dass du meine erste Wahl warst? Ich hab niemand anderen gefunden, also habe ich dich wieder aufgesucht."

Sein abschätziger Blick versetzt ihr erneut einen Stich ins Herz.

„Wie viele Leichen hast du gefunden?"

„Eine Handvoll, sie müssen die anderen Bewohner verschleppt haben."

„Hoffen wir's."

Sie zerreißt ihr rußverschmiertes Gewand, um ihren Beinen mehr Bewegungsfreiheit zu geben. Gil macht es ihr nach.

„Nimm den gleichen Weg wie ich."

„Hör auf, mich beschützen zu wollen. Ich brauche deine Fürsorge nicht."

Seufzend beginnt Hina das Loch hinunterzusteigen.

ABSTIEG IN DIE HÖLLE

Der Geruch von verfaulten Eiern wird intensiver. Langsam klettern die zwei hinunter und achten darauf, nicht hinunterzufallen. Auch wenn Hina ihrem Zeitgefühl nicht mehr traut, ist sie sich sicher, dass sie schon seit Stunden hinabsteigen.

Schweißperlen bilden sich auf ihrer Stirn und rollen in ihre Augen. Ihre lange Mähne hinterlässt eine zusätzliche Wärme auf ihrem Rücken und der Rauch kratzt in der Lunge. Hina versucht sich nicht zu beschweren, schließlich ist sie sich sicher, das es Gil noch viel schlechter geht. Um einen Streit zu vermeiden, bleibt sie still. Es wäre unklug, sich auch nur zu unterhalten, denn sie wissen nicht, was unten auf sie wartet.

Hina bereut, ihren Morgenstern auf der Insel gelassen zu haben. Sich unbewaffnet auf fremdes Gebiet zu begeben, passt ihr gar nicht. Sie hofft, dass ihre Drachenaura mögliche Feinde vorerst fernhält, wie sie die Lindwürmer ferngehalten hat.

Gil zittert am ganzen Körper und er verflucht sich dafür. Auch wenn er in den Überresten seines Zuhauses keine Knochen gefunden hat, weiß er nicht, ob sein Vater noch lebt. Vor ihrer Abreise war sein Bein krank. Der Doktor hatte es amputieren müssen. Er will sich gar nicht vorstellen, wie es ihm die ganze Zeit gehen musste.

Völlig in seinen Gedanken versunken, fängt er an zu husten. Er hat zu viel vom Rauch eingeatmet.

Hina sieht nach oben und bemerkt, wie Gil wegen des Hustens einen Fehltritt macht und den Halt verliert. Ohne zu zögern, bewegt sie sich zur Seite, dass sie nicht mit ihm zusammen runter gerissen wird. Dann packt sie sein Handgelenk und bewahrt ihn so vor dem Sturz. Panisch sieht er sie an.

„Wir hätten doch eine Pause machen sollen, Gil."
Er gibt lediglich einen verächtlichen Laut von sich und vermeidet ihren Blick.
„Ich weiß, dass es dir nicht gefallen wird, aber ich nehme dich am besten auf den Rücken."
„Stimmt, das gefällt mir überhaupt nicht."
Ein weiterer Hustenanfall schüttelt seinen Körper.
„Der Rauch wird dichter. Ich bin mir sicher, dass es nicht mehr so weit bis nach unten ist. Aber dennoch werde ich dich nicht unter mir klettern lassen."

Hina sieht ihm an, wie er mit sich ringt. Ihn so zu halten, ist für sie zwar nicht sonderlich bequem, aber auch nicht schwer. Sie versucht, nicht viel darüber nachzudenken und wartet geduldig auf seine Antwort.

Sein Blick durchbohrt sie.

„Wenn du das jemandem erzählst, töte ich dich."

„Versprochen."

Hina zieht Gil zu ihr hoch.

„Halt dich an meinem Hals fest."

Mehr als ein Grummeln kommt nicht von ihm.

Sie steigen weiter hinunter, seine Füße lässt Gil in der Luft hängen. Das stört sie nicht, schließlich ist es ihr wegen der Hitze und anderen Umständen wohler, nicht zu nahe an ihm zu sein.

Zu dem Schwefelgeruch kommt jetzt noch Urin dazu. Obwohl Gil nach seiner Befreiung stundenlang gebadet und geschrubbt wurde, verfolgt ihn immer noch der Gestank vom Pferdeurin, in den er tagelang getaucht wurde.

Wieder überkommt sie ihr schlechtes Gewissen.

Wie lange wird er noch so riechen?

Um auf andere Gedanken zu kommen, schielt sie immer wieder runter, um hoffentlich bald festen Boden zu entdecken.

Die Zeit scheint nicht vergehen zu wollen.

Hina bemerkt, dass Gil das Zittern in seinen Armen zu unterdrücken versucht. Wenn sie jetzt einen Zahn zulegt, wird sie unvorsichtig und fällt vielleicht. Wenn Hina alleine wäre, würde sie es definitiv riskieren. Doch sie will Gil nicht alleine lassen. Am schlimmsten ist es für sie, dass sie Gils Ekel schon beinahe spüren kann.

Der Schwefelrauch wird dichter und Gil hustet sich seine Lunge aus dem Hals. Mit viel Mühe kann er sich an Hina festhalten.

„Spring endlich!"

„Ich will dir nicht wehtun."

Er hat Probleme damit, zu atmen, und spricht zwischen den Hustenanfällen.

„Wenn du nicht springst, erwürge ich dich."

Hina sieht nochmals nach unten und erkennt nichts. Seufzend schließt sie die Augen.

Und lässt los …

AUF DER UNTERSTEN EBENE

Zur gleichen Zeit an einem anderen Ort

Die glühenden Stollen sind ein weitverzweigtes
Netzwerk von Höhlen und Tunneln, das tief unter
der Erde verborgen liegt. Das labyrinthartige System
führt durch viele größere Stollen, die mit kleinen
roten Kristallen verziert sind. Diese Kristalle tauchen
die gesamte Umgebung in ein beinahe
beängstigendes rotes Licht, welches von einem
schweißtreibenden Dampfschleier umhüllt wird. Die
Dampfschwaden wabern durch die Gänge, während
das Licht der Kristalle flackernd auf den feuchten
Wänden reflektiert. Die Luft ist warm und schwer,
durchdrungen von einem erdigen Geruch, der die
Sinne belebt.
Manchmal hört man das Echo von Tropfen, die von
der Decke fallen, und das leise Rauschen des
Wassers, das an einem anderen Ort in der
Dunkelheit fließt.

Im Herzen des Labyrinths thront eine imposante Wand, die mit dem Zeichen des Feuergottes geschmückt ist. Ein großer, leuchtender Kreis umrahmt ein Auge, das unablässig auf die tanzenden Flammen darunter starrt. Die dunklen Farben des Gemäldes scheinen lebendig zu sein, als ob das Feuer in der Wand selbst lodert und die Schatten um sich herum zum Leben erweckt.

Davor stehen vier majestätische Throne, die in einer perfekten Linie angeordnet sind. Jeder von ihnen ist aus dunklem Lehm gefertigt und mit kunstvollen Mustern verziert. Doch einer der Throne sticht besonders hervor: Er ist neu, die Verzierungen sind frisch und unverbraucht, als ob er gerade erst aus der Schmiede des Handwerkers gekommen wäre.

Die Throne stehen auf einem erhöhten Podest, das durch eine elegante Treppe erreicht wird. Die Stufen sind mit feinen Mustern verziert, die das Element des Feuers widerspiegeln.

In der Mitte des Podests steht eine riesige Feuerschale, deren Flammen hoch in den Raum züngeln. Das Feuer flackert und wirbelt, wirft tanzende Lichtspiele an die Wände und erfüllt die Luft mit einer kaum zu ertragenden Hitze.

Die zweite Hüterin der Pyroniden, Zidonia, sitzt auf dem zweiten Thron. Ihr Körper ist von einer schimmernden Hülle aus glühenden Flammen umgeben, die das einst pelzige Erscheinungsbild eines Rattenwesens vollständig ersetzt haben. Die feurigen Zungen tanzen um sie herum, ihr rattenartiger Schweif gleicht einer Schlange und zuckt gefährlich in alle Richtungen. Ihre Augen sind glühende Kohlen, die vor Arroganz und Wut funkeln. Ihre Schnauze verzieht sich zu einem fauchenden Ausdruck, und die kleinen, spitzen Ohren sind aufrecht und angespannt, als würde sie jeden noch so kleinen Laut in ihrer Umgebung wahrnehmen.

Mit wachsender Anspannung beobachtet sie, wie der erste Hüter um die goldene Feuerschüssel kreist. Jeder Schritt scheint von einer inneren Unruhe getragen zu sein, als ob er in den Flammen nach Antworten sucht, die ihm entglitten sind. Sein Blick ist fest auf den Flammentanz gerichtet, und für einen Moment scheint es, als würde die Zeit stillstehen, während er unermüdlich seine Runden zieht, als könnte die Lösung in den geheimnisvollen Bewegungen des Feuers verborgen sein.

„Er wird nicht mehr mit dir sprechen."

Zidonias grelle Stimme hallt in den Stollen wider.

„Nun hör schon auf, wenn ich dir weiter zusehe, wird mir selbst noch schwindlig."

„Dann sieh mir nicht mehr zu."

Während der erste Hüter weiterhin seine Runden zieht, wie ein Ritual, welches er nur lange genug durchführen muss, bis es seine Wirkung zeigt, trommelt Zidonia ungeduldig mit ihren langgliedrigen Krallen auf der Armlehne ihres Thrones.

Die Besprechung war dieses Mal ungemein kurz. Keine langen Reden über das Ziel ihres Meisters oder ewige Fluchtiraden über dessen Feinde.

Eine Anweisung.

Er will sie in seinen Reihen wissen.

Nur sie.

Und niemand anderen.

Diese Anweisungen treiben den ersten Hüter an den Rand des Wahnsinns. Wer ist sie? Was macht sie so außergewöhnlich? Und noch entscheidender, was verleiht ihr mehr Bedeutung als ihm selbst?

Immerhin wurde er persönlich vom Gott des Feuers zum ersten Hüter ernannt und das, obwohl er nicht einmal ein Pyronide ist.

Insgeheim bewundert er den Gedanken seines Meisters, die ehemalige Plage in seine Dienerschaft umgewandelt zu haben. Schließlich vermehren sich Mäuse unglaublich schnell. Der letzte Raubzug war in dieser Hinsicht ein glänzendes Beispiel. In wenigen Minuten hatten die Pyroniden die gesamte

Stadt in Brand und Chaos versetzt und dessen Bewohner vor dem Loch versammelt. Eine brennende Spur der Verwüstung war alles, was sie hinterlassen hatten.

Seufzend bleibt er stehen. Seine emotionslosen Augen richten sich zuerst auf Zidonia, die ihn vermutlich sofort anfallen würde, wenn sie nur die Gelegenheit dazu hätte. Dann wandert sein Blick zu Meister Halsin, dem dritten Hüter. Ein Griffi, der einst einer stolzen Eiche glich, dessen majestätisches Blätterdach im Wind geschaukelt hätte, wäre er nicht hier unten gelandet. Nun bleibt von seiner einstigen Pracht nur verkohltes Holz und kleine, verzweigte Äste. Seine ausdrucksvollen Augen sind das Einzige, was ihm noch von seiner Würde geblieben ist. Sein Blick wandert schließlich zur vierten und jüngsten Hüterin. Sie stammt von der Wasserinsel und hat, unwissentlich, das Wasseramulett in den Besitz des Feuergottes gebracht. Trotz ihrer äußeren Gelassenheit, mit verschränkten Armen und einem trotzigen Ausdruck, erkennt der erste Hüter die Unruhe, die in ihr brodelt. Er sieht, wie ihre Emotionen unter der Oberfläche toben, bereit, auszubrechen und sich gegen die Flammen zu erheben, die sie umgeben.

Langsam tritt er vor die vierte Hüterin und nimmt eine ihrer grauen Haarsträhne zwischen seine Finger.

„Ich nehme an, du weißt ganz genau, wen unser aller Meister unbedingt in die Hände bekommen will. Nicht wahr, Helena?"

VERTRAUEN

Sie fallen.

Gil umarmt Hina fester und schlingt seine Beine um ihre Hüfte.

Hina schaut nach unten und versucht, durch den dichten Qualm etwas zu erkennen.

Plötzlich springt jemand von der Seite auf die beiden zu und stößt sie aus dem Rauch. Unsanft landen die drei auf dem Boden. Während Gil benommen dasitzt und versucht, sich seiner Umgebung bewusst zu werden, steht Hina bereits wieder auf und blickt den Fremden an.

Es ist ein junger Mann, vermutlich in ihrem Alter, mit zerzausten braunen Haaren und Verbrennungsnarben im Gesicht. Seine großen, dunklen Augen sehen Hina freundlich an.

„Das war richtig knapp, ihr zwei."

Bereit, auf jede Gefahr zu reagieren, mustert sie ihn.

„Wer bist du?"

„Ganz ruhig, ich tue euch nichts."

Der Fremde wirkt zwar freundlich, doch ihr Instinkt flüstert ihr zu, dass etwas an ihm nicht stimmt.

Gil steht stöhnend auf.

„Der letzte, der uns das gesagt hat, stürzte uns direkt in die Hölle."

Er wischt sich den Ruß von der Kleidung. Ein hoffnungsloses Unterfangen, welches er gleich wieder aufgibt.

Sich am Hinterkopf kratzend, schmunzelt der Fremde. „So wie ich das sehe, seid ihr gerade freiwillig in die Hölle gefallen."

„Wo sind wir hier?"

Hina lässt den Jungen nicht aus den Augen.

Amüsiert sieht der Fremde die zwei Rußverdreckten an. „Ihr stürzt euch in ein Loch, ohne zu wissen, wo ihr landet?"

„Unsere Heimat wurde angegriffen. Alle sind weg."

„Und dann stürzt ihr euch blindlings, ohne Vorbereitungen zu treffen, in ein qualmendes Loch. Ich bin mir gerade nicht sicher, ob ihr nur mutig oder unglaublich dumm seid."

„Du hast meine Frage noch nicht beantwortet."

„Ich heiße Rorick. Und wer seid ihr zwei?"

„Wo sind wir hier?"

Rorick hebt eine Augenbraue und verschränkt seine Arme vor der Brust.

„Gern geschehen."

Er dreht sich um und lässt sie stehen.

Erst nachdem Rorick aus ihrem Blickfeld verschwunden ist, dreht sich Hina zu Gil um, um zu sehen, ob er verletzt ist. Ein kleinlautes Knurren seinerseits zeigt ihr, dass er keinen wirklichen Schaden genommen hat.

„Wage es nicht, mich zu bemuttern."

„Dafür ist es zu spät, also stell dich nicht so an."

Seine mürrische Laute ignorierend, packt sie erst den einen, dann den anderen Arm, um nach einer Wunde zu suchen. Der Geruch von Blut liegt in der Luft.

Müde tritt Gil etwas zurück.

„Die Einzige, die verletzt ist, bist du."

Er deutet mit ihrem Kopf auf ihr rechtes Bein. Ein blutiger Kratzer verläuft von ihrer Hüfte bis zum Knöchel hinab. Daher auch der Geruch. Zögerlich streicht sie sich über die Wunde.

„Du spürst keinen Schmerz mehr."

Das war keine Frage, sondern eine Feststellung. Langsam schüttelt Hina den Kopf. Innerlich wappnet sie sich auf die Beleidigung, die Gil ihr wieder an den Kopf werfen wird.

„Kannst du verbluten?"

Überrascht blickt sie zu ihm hoch. Diese ehrliche Frage verunsichert sie ein wenig.

„Glaube nicht. Das Nugriblut sollte meine Wunden relativ schnell wieder zuwachsen lassen."

Gil reißt sich von seinem dreckigen Gewand einen langen Stofffetzen ab und kniet vor ihr nieder.

„Trotzdem solltest du das verbinden. Wir wissen nicht, was noch auf uns zukommt. Wenn es hier unten auch nur entfernt etwas Ähnliches wie Lindwürmer gibt, sollten wir keine Spuren hinterlassen."

Sie sucht nach einem Stein oder einer anderen Ursache für die Wunde, die sie sich zugezogen hat. Der Boden um sie herum ist zwar felsig und uneben, doch ein größerer Stein ragt nicht hervor. Nachdem Gil sie einigermaßen zufriedenstellend verbunden hat, folgen sie der Blutspur, die sie zu dem qualmenden Loch führt. Der beißende Rauch macht es unmöglich, etwas zu erkennen. Zögerlich streckt Hina eine Hand aus. Abgesehen von der Wärme spürt sie zunächst nichts. Erst als sie ihren gesamten Arm in den Qualm taucht, trifft sie auf einen Widerstand. Ihre Finger ertasten eine schmale Oberfläche. Langsam zieht sie ihren Arm zurück. Blut klebt an ihren Fingern. Das Loch ist weit tiefer, als sie zunächst angenommen hatte. In der Mitte des Qualms ragt ein scharfer Fels hervor, als wolle er jeden durchbohren, der sich wagt, hinunterzusteigen.

„Sieht so aus, als ob Rorick uns gerettet hat."

Gil sieht das Blut an Hinas Fingern und lässt einen verächtlichen Laut von sich.

„Das hatte der Zwerg damals auch. Ich traue ihm nicht."

Eine Andeutung eines Lächelns überkommt Hina.

„Gut, sonst hätte ich mir ernsthafte Sorgen gemacht."

Die Höhle, in der sie gelandet sind, entpuppt sich als ein langer unterirdischer Tunnel. Vorsichtig bewegen sie sich entlang der Wände, in die Richtung, in die Rorick verschwunden ist. Während der Schweiß ihnen von der Stirn tropft, erhellen kleine rote Kristalle an den Wänden die Dunkelheit mit ihrem rötlichen Schimmer.

Immer wieder müssen sie an verschiedenen Abzweigungen innehalten. Gil ist gezwungen, sich in jeder Hinsicht auf Hina zu verlassen, denn ihre Sinne sind in diesem Moment viel empfindlicher als seine eigenen. In der Dunkelheit scheinen die Geräusche aus allen Richtungen zu kommen: das Kratzen, metallische Schläge, Geschrei und das laute, wirre Lachen.

Hina muss sich bemühen, Gils Unsicherheit zu ignorieren. Für sie sind weder die Dunkelheit noch das Aufspüren der Quelle der Geräusche ein wirkliches Problem. Doch sie macht sich Sorgen. Vor einem Jahr waren ihre Rollen noch vertauscht, und sie weiß genau, wie es sich damals angefühlt hat, ein Klotz am Bein zu sein.

„Hör auf, Rücksicht auf mich zu nehmen und führe uns irgendwo hin, wo wir uns sammeln können."

„Wie wäre es, wenn ihr mir einfach folgt?"

Aus einer Abzweigung tritt Rorick ihnen entgegen. Hina stellt sich schützend vor Gil und mustert den Fremden erneut. Die rauen, schwarzen Hosen des Mannes sind zu kurz und lassen seine schmutzigen Knöchel unbedeckt, die in festem Schuhwerk stecken. Es sind die gleichen Schuhe, die die Bergarbeiter in ihrer alten Heimat getragen haben. Sein braunes Hemd ist übersät mit Flecken und Rissen, und insgesamt macht er einen verwahrlosten Eindruck.

Doch trotz seines Äußeren stechen seine Augen hervor, die Hina mit wacher Neugier betrachten. Sie leuchten wie flüssiger Bernstein unter seinen braunen Haaren.

Was Hina jedoch am meisten beunruhigt, ist die Tatsache, dass sie ihn weder gerochen noch gehört hat. Er scheint wie aus dem Nichts aufgetaucht zu sein.

Mit einem leicht geneigten Kopf bleibt er vor ihnen stehen.

„Ihr gehört nicht gerade zur freundlichen Sorte, was?"

„Danke."

Gil schlägt Hina den Ellbogen in die Seite.

„Was? Er hat uns gerettet. Da kann ich doch wohl noch Danke sagen."

Er verdreht die Augen und wendet sich ab. Hina ignoriert ihn und wendet sich wieder Rorick zu.

„Kannst du uns sagen, wo wir sind?"

„In einem Tunnelsystem."

Gils sarkastischer Unterton ist nicht zu überhören.

„Zum Glück haben wir gefragt. Das hätten wir alleine bestimmt nicht herausbekommen."

„Mein Name ist Hina. Der Griesgram heißt Gil."

Rorick nickt ihnen schmunzelnd zu.

Auch wenn ihr das Aufblitzen in seinen Augen nicht entgeht, gibt es im Moment Wichtigeres als dieses Detail.

„Wir sind hier im Unterreich. Dem Hoheitsgebiet der Pyroniden."

Gereizt wendet sich Gil an Rorick.

„Wer hätte das gedacht! Direkt unter unseren Füßen leben Pyroniden, die nun plötzlich beschlossen haben, unser Dorf anzugreifen und alle zu entführen. Lass mich raten: Diese Pyroniden sind dem Mistkerl des Feuers untergeordnet und wollen nun die Weltherrschaft an sich reißen, weil es hier zu sehr nach Schwefel stinkt!"

Wieder dieses Zucken in Roricks Augen.

„Die Tunnel unter Xyr wurden erst vor wenigen Monaten fertiggestellt."

Um die Spannung zwischen den Männern etwas zu lockern, versucht Hina, das Thema zu wechseln.

„Kannst du uns an einen sicheren Ort führen? Wir sollten uns anders anziehen, wenn wir nicht auffallen wollen."

Mit einem Kopfnicken deutet Rorick auf ihr Bein.

„Unsere erste Priorität ist, das zu verarzten."

„Das ist nicht-"

„Er hat recht. Nicht, dass du uns noch verblutest."

Gils Blick gibt ihr zu verstehen, dass sie ihre Unverwundbarkeit vorerst für sich behalten soll. Daraufhin lässt sie seufzend ihre Schultern hängen.

„Ihr habt recht. Kannst du uns nochmals helfen?"

„Das klingt doch schon vielversprechender. Hier unten sind wir Menschen auf uns alleine gestellt. Ohne Verbündete werdet ihr hier schneller draufgehen als ihr *Pyronid* sagen könnt. Kommt mit, ich führe euch ins Lager."

Hina und Gil tauschen einen letzten Blick, bevor sie Rorick folgen. Gemeinsam machen sie sich auf den Weg durch das Labyrinth der Tunnel, unsicher, was sie erwartet, aber fest entschlossen, sich allem zu stellen.

Die Wände des Tunnels scheinen sich enger zusammenzuziehen, während sie tiefer in das unterirdische Labyrinth vordringen. Rorick führt sie mit sicherem Schritt, während das schwache Licht der Kristalle an den Wänden flackert und die Schatten um sie herum tanzen. Hina kann das leise Murmeln anderer Menschen hören, das aus den Abzweigungen dringt, und das Geräusch von schweren Lasten, die über den Boden geschoben werden.

„Hier sind wir."

Rorick deutet auf eine große, offene Kammer, die von einem halbdunklen Licht erfüllt ist. In der Mitte steht ein improvisierter Tisch, um den mehrere Männer und Frauen versammelt sind. Einige von ihnen tragen die gleichen abgetragenen Hosen wie Rorick, während andere in schmutzigen Hemden und Stiefeln stecken. Sie scheinen alle mit der Arbeit beschäftigt zu sein, während sie sich unterhalten und gelegentlich einen Blick auf einen großen Plan werfen, der auf dem Tisch ausgebreitet ist. Als Rorick näher tritt, sehen sie von ihrer Arbeit auf und schütteln den Kopf.

„Kiran!"

Rorick winkt einem Mann zu, der sich am Tisch lehnt. Kiran, ein schlanker Kerl mit schulterlangen, schwarzen, zerzausten Haaren, hebt den Kopf und wirft Rorick einen skeptischen Blick zu.

„Was hast du jetzt wieder angestellt?"

„Keine Zeit für Scherze. Ich habe sie gefunden. Sie benötigen Hilfe."

Kiran mustert die beiden mit einem scharfen Blick.

„Zwei Neulinge, die in die Höhlen gestolpert sind? Das wird ja immer besser."

Sein Tonfall ist sarkastisch, aber in seinen Augen blitzt eine gewisse Neugier auf.

„Wir suchen unsere Leute."

Hina versucht, ihre Stimme fest klingen zu lassen.

Kiran schnaubt verächtlich.

„Glaubt nicht, dass ihr hier einfach hereinkommen und die Welt retten könnt. Hier geht es alleine ums Überleben."

Hina weiß einen Moment nicht, wie sie reagieren soll. Hilfesuchend schaut sie sich nach Rorick um, doch der ist genauso lautlos verschwunden, wie er aufgetaucht war.

Gil reibt sich seinen nicht mehr glänzenden Kahlkopf und tritt vor Hina.

„Was müssen wir tun, um neue Kleider und einen anständigen Verband zu bekommen?"

Kiran deutet auf einen Stapel von Kisten, die in der Ecke stehen.

„Ihr könnt beim Transport helfen. Die Materialien müssen zur Verarbeitung gebracht werden. Dort findet ihr dann auch Rhea. Wenn euch einer hilft, dann am wahrscheinlichsten sie. Aber das habt ihr nicht von mir."

„Rhea? Wo finden wir sie?"

„Bei den Verarbeitern. Das habe ich doch gerade gesagt."

Kiran wirft den beiden einen genervten Blick zu. Hina sieht die anderen an, um von ihnen einen nützlichen Hinweis zu erhalten. Doch niemand wagt es, die auffälligen Neulinge auch nur wahrzunehmen. Gil verliert seine Geduld. Auch wenn er diesen Kiran bis jetzt von all den neuen Begegnungen im letzten Jahr am sympathischsten findet, regt er ihn bereits auf.

„Und wo finde ich die Verarbeiter? Vielleicht ist es dir aufgefallen, dass wir nicht von hier sind."

Bedrohlich kommt die hagere Gestalt näher und bleibt direkt vor Gil stehen.

„Oh doch, ich habe nämlich Augen im Kopf. Und wenn du deine benutzen würdest, hättest du das Schild da hinten schon längst gesehen. Und nun verschwindet!"

Kiran wendet sich wieder seiner Arbeit zu und lässt die beiden alleine.

Am hinteren Ende des Raumes entdecken Hina und Gil ein hölzernes Schild, das auf einen Tunneleingang hinweist. Während sie durch den Raum gehen, spüren sie die angespannte Atmosphäre. Die Arbeiter wirken erschöpft, aber entschlossen. Einige werfen Kiran misstrauische Blicke zu, während andere ihm respektvoll zunicken. Es ist offensichtlich, dass er hier einen gewissen Einfluss hat.

Auf dem Weg in die Tunnel greift Hina nach zwei Kisten, die randvoll mit Mineralien gefüllt sind. Gil bemerkt, wie Kiran sie aus dem Augenwinkel beobachtet, und nimmt ihr eine Kiste ab.

„Du bist verletzt. Hör auf, dich zu überschätzen."

Diese plötzliche Fürsorge überrascht Hina.

Ungläubig sieht sie ihm nach, während er stur an ihr vorbeizieht. Als sie in den Tunneln weitergehen, ist Hina völlig in Gedanken versunken. Das Gewicht der Kiste scheint sie nicht zu belasten, während Gil sich sichtlich anstrengen muss, um seine Last zu tragen.

„Wie hat er das gemacht?"

„Rede deutlich oder lass es bleiben."

Das klingt in Hinas Ohren schon mehr nach Gil und ihre Überraschung ihrerseits verfliegt wieder.

„Rorick. Er ist aufgetaucht und verschwunden, ohne ein Geräusch zu erzeugen. Ich frage mich, wie er das angestellt hat. Vor allem mit diesen schweren Schuhen."

„Darüber kannst du dir den Kopf zerbrechen, nachdem wir diese Rhea gefunden haben. Und pass gefälligst auf, wie du dich verhältst. Denn anscheinend hast du absolut keine Ahnung, wie du deine Sinne einsetzten sollst."

„Wie ich meine Sinne einsetzen soll?"

Erschöpft stellt Gil die Kiste auf den Boden und wischt sich den Schweiß mit seiner Hand von der Stirn.

„Dieser Kiran hat uns beobachtet. Was glaubst du, was durch seinen misstrauischen Kopf geht, wenn er sieht, dass du trotz Verletzung zwei der schweren Kisten ohne Probleme mitnimmst?"

„Oh ..."

„Genau. Manchmal habe ich echt das Gefühl, du machst das mit Absicht."

Sie sieht ihn fragend an.

„Was soll ich denn deiner Meinung nach mit Absicht tun?"

„Du sorgst dafür, dass wir in Schwierigkeiten geraten."

Hina starrt ihn mit offenem Mund an. Gil stemmt seine Hände in seine Hüften.

„Egal, was du tust, oder eben nicht tust, du bringst die Leute um dich herum in Gefahr."

„Das ist nicht dein Ernst?"

„Du hast dich in ein Monster verwandeln lassen. Das alleine hat doch für den größten Schlamassel auf Vardra gesorgt."

„Ich habe das getan, um uns zu beschützen."

„Du glaubst das wirklich."

Es ist nicht Wut, was Hina in seinen Augen sieht, auch keine Verurteilung. Mitleid. Pures Mitleid schreit aus seinen Augen. Schnell dreht sie den Kopf weg und versucht sich auf etwas anderes zu konzentrieren.

„Alles, was du getan hast, diente nur dazu, um dich nicht mehr so schwach zu fühlen."

„Das ist nicht wahr."

„Du wolltest deinen Großvater nicht enttäuschen."

„Du irrst dich."

„Du hattest Angst, dass Demitri dich abweist, wenn du nicht gut genug bist."

„Das war ganz anders."

„Danach warst du nur noch auf Rache aus, um deine Ehre zu retten."

Hina lässt die Kiste auf den Boden fallen und fuchtelt mit ihren Händen.

„Ich wollte uns retten!"

„Aber vor allem wolltest du mir beweisen, dass du mehr als ein nutzloser Bücherwurm bist."

Hina starrt ihn an. Tränen fließen ihre Wangen hinab.

„Wenn du mich so gut kennst, wie du zu glauben wagst, und ich ein derart schlechter Mensch bin, warum hast du dann an der Trauerfeier meine Hand gehalten?"

„Weil es dir Trost gespendet hat."

Seine Ruhe bringt Hina völlig aus dem Konzept. Erschöpft setzt sie sich hin.

„Was willst du hören, Gil? Dass ich mich entschuldige? Dass ich bereue, was passiert ist? Denn genau das tue ich! Hörst du? Ich bereue dieses verfluchte Jahr! Ich wünschte, ich hätte euch nie darum gebeten, mich mit auf die Jagd zu nehmen!"

Schluchzend zieht sie die Knie an ihren Oberkörper und legt die Arme darum.

„Dann wäre Sora noch am Leben."

Mit einem tiefen Seufzer setzt sich Gil ihr eine Armlänge gegenüber auf den Boden.

„Wahrscheinlich. Aber das können wir nicht mit Sicherheit sagen."

„Red keinen Unsinn, natürlich wäre-"

„Es bringt nichts, uns den Kopf über das Was-wäre-wenn zu zerbrechen. Tatsache ist: Wir können die Vergangenheit nicht ändern, nur daraus lernen. Und genau das musst du tun. Ich habe das Gefühl, dass ich hier unten alleine nicht lange überleben werde. Darum bleibt mir nichts anderes übrig, als auf deine Hilfe zu vertrauen. Also mach es mir nicht noch schwerer, als es sonst schon ist."

DIE REVOLUTION

Als sie schließlich bei der Verarbeitung ankommen,
wird Hina sofort von der warmen Ausstrahlung der
Heilerin angezogen. Rhea ist eine große Frau mit
langen, dunklen Haaren, die in einem geflochtenen
Zopf über ihre Schulter fällt. Ihre Augen strahlen
Mitgefühl aus, und sie wirkt trotz der schweren
Umstände, die sie umgeben, voller Energie. Als sie
die zwei sieht, eilt Rhea herbei.

„Willkommen. Ich bin Rhea. Seid doch so gut und
stellt die Kisten dort zu den anderen." Lächelnd
schaut Rhea zwischen Hina und Gil hin und her,
dann zieht sie eine Augenbraue hoch.

„Ihr zwei seid nicht von hier, nicht wahr?"
Gil wischt sich den Schweiß von der Stirn. Seine
Stimme trotzt nur so vor Sarkasmus und Ironie.

„Was hat uns verraten, unser selbstsicheres
Auftreten? Oder doch eher die Kleidung?"
Rhea kann nicht anders als zu kichern.

„Entschuldigt, ich wollte euch nicht zu Nahe treten.
Demnach habt ihr die Zuteilung schon hinter euch

und die anderen folgen bald."

Ihr hübsches Gesicht, das vorhin noch gestrahlt hat,
bekommt Sorgenfalten bei dem Gedanken, bald
noch mehr Besuch zu bekommen. Sie versucht die
schlechte Stimmung mit einem Seufzen zu
unterdrücken und schenkt den beiden erneut ein
Lächeln.

„Also, in welche Abteilung müsst ihr? So wie ihr
ausseht, müsst ihr zuerst in das Rüstungslager. Dort
bekommt ihr passendere Kleidung. Folgt mir."

Hina und Gil nicken sich zu und folgen Rhea durch
die Gänge.

Möglichst beiläufig versucht Hina ein Gespräch mit
ihr anzufangen.

„Wie viele Abteilungen gibt es denn?"

„Wenn die Wärter euch nichts gesagt haben, hat
euch bestimmt Damon abgeführt. Dieser einsame
Wolf lässt nie zu viele Worte über seine Lippen
kommen. Oder wie man das bei Wölfen auch immer
nennt."

Hina wechselt einen unsicheren Blick mit Gil und
räuspert sich.

„Ach, natürlich, entschuldigt, ich schweife ab. Es
gibt insgesamt drei. Nun, eigentlich vier, aber als
Mensch kann man die vierte Abteilung vergessen."

Rhea tippt sich mit ihrem Zeigefinger auf ihr Kinn,
während sie selbstsicher die Tunnel entlanggeht.

„In der ersten Abteilung sind die Stollenarbeiter. Dort werden der Schwefel und all die anderen Mineralien abgebaut. Die zweite Abteilung besteht aus den Transportarbeitern. Auch wenn sie bei weitem mehr machen, als nur Dinge hin und her zu tragen. Sie sind weitestgehend auch für viele verschiedene kleinere Arbeiten zuständig. Dann gäbe es noch die dritte Abteilung, nämlich die Verarbeiter. Leute wie ich zum Beispiel."

Bei diesem Satz dreht sie sich einmal im Kreis, um ihren Begleitern ein fröhliches Lächeln zu schenken.

„Wir übernehmen die Verarbeitung der verschiedenen Mineralien, die in den Stollen abgebaut werden. Und wenn wir schon dabei sind, erzähle ich euch noch von der vierten Abteilung. Das sind die Wächter. Die flammenden Gefährten, die euch abgeführt haben."

Als die drei in eine Abbiegung gehen, werden sie von einem blonden Lockenkopf abgefangen. Das schmächtige Mädchen lehnt lässig an der Wand und scheint auf jemanden gewartet zu haben. Mit selbstbewusster Stimme wendet sie sich an die Neuankömmlinge.„Die zwei hatten bestimmt noch keine Begegnung mit einem Wächter. Sonst wären ihre *edlen* Kleider nicht nur schmutzig, sondern auch abgefackelt."

Rhea nimmt die kleinere Gestalt in die Arme und

erdrückt sie beinahe mit ihrem Busen.

„Elysia! Schön, dass du wieder zurück bist!"

Mit beiden Händen drückt Elysia sich aus der Umarmung und zieht ihre verknitterte Weste zurecht.

„Bin gerade erst wieder aus der Stadt gekommen. Rorick hat mir den Tipp gegeben, dass sich zwei Verrückte *freiwillig* in unsere Hölle haben fallen lassen."

Misstrauisch sieht sie die Besucher an.

„Was zum *Teufel* hat euch dabei geritten?"

Elysia stemmt ihre Hände in die Hüften, wobei ihre Locken auf ihrem Kopf umher hüpfen. Während Rhea ihre Neugier kaum verbergen kann, holt sich Hina von Gil die stillschweigende Zustimmung in Form eines Nickens. Stolz stellt sich Hina vor die zwei.

„Wir möchten unsere Leute zurückholen."

„Und wie *genau* wollt ihr das anstellen? Glaubt ihr, sie mit euren weißen Gewändern blenden zu können?"

„Um ehrlich zu sein, hatten wir diesbezüglich noch keinen direkten Plan ..."

Verlegen kratzt sich Hina am Hinterkopf. Seufzend wendet sich Gil an den kleinen Blondschopf.

„Wir wollten zuerst die Lage auskundschaften und danach sehen, was wir machen können. Jedenfalls werden wir keinesfalls nur sitzen bleiben und Däumchen drehen."

„HA!"

Elysia springt förmlich in die Luft.

„Dann habt ihr genau die *Richtigen* gefunden! Herzlich willkommen bei den höllischen Rebellen von *Purgator*!"

Elysia und Rhea führen sie zu einem abgelegenen Stollen. Hina kann auf den verwitterten Schildern knapp die Worte „Lager" erkennen.

Eilig sucht Elysia in den Kisten nach Kleidung, damit Hina und Gil nicht mehr so auffallen.

„Ihr hattet echt *Glück*, dass euch kein Wächter über den Weg gelaufen ist."

Ohne Widerstand nehmen sie das an, was Elysia ihnen entgegenstreckt. Zu den dunklen, geflickten Pullovern und den robusten Hosen mit derben Arbeitsschuhen, gesellt sich jeweils eine dunkle Kappe. Hina versucht mit ungeschickten Bewegungen, ihre roten Haare darunter zu verbergen.

Rhea sieht besorgt zu.

„Ich weiß nicht, Elysia. Dabei könnte es Verletzte geben. Wir sollten unsere Situation nicht noch schlimmer machen, als sie es sonst schon ist."

„Wie du genau richtig erkannt hast, Rhea, sind wir

bereits in einer *beschissenen* Situation. Ich glaube
nicht, dass es noch schlimmer werden kann."

Gil räuspert sich, um die Aufmerksamkeit der
Frauen zu bekommen.

„Uns würde es als Erstes interessieren, warum
unsere Heimat überhaupt angegriffen wurde."

Ein funkelnder Zorn blitzt in Elysias Augen auf.

„*Das* kann ich euch erzählen!"

Rhea, die den Monolog ihrer Freundin bereits
mehrmals gehört hat, fängt an, mit ihrem schwarzen
Haarzopf zu spielen. Verschwörerisch sieht sich
Elysia um und beginnt in einem leisen, aggressiven
Ton zu sprechen.

„Die Pyroniden *brauchen* uns, um *Krieg* gegen die
Griffis zu führen."

Hinas Augenbrauen ziehen sich zusammen.

„Gegen Griffis? Ich meine, nachdem, was diese Pyro-
was auch immer mit unserer Stadt angestellt haben
… Wieso sollten sie Menschen brauchen, um gegen
friedliche Pflanzenwesen anzukommen?"

Sie erinnert sich an Frederick, der Griffi in
Buschgestalt, der ihr damals auf Vardra geholfen
hatte. Anscheinend hat Elysia eine andere Reaktion
erwartet.

„*Friedlich*? Diese Griffis haben es *faustdick* hinter den
Ohren!"

„Sofern sie überhaupt Ohren haben …"

Rheas Kommentar wird von ihrer Freundin
ignoriert.

„Die *Pyroniden* brauchen uns, um *Schwefel* und
andere *Mineralien* abzubauen, um gefährliche
Brennstoffe und Bomben herzustellen. Glaubst du
immer noch, dass diese Griffis friedlich sind?"
Seinen Nasenrücken reibend seufzt Gil.

„Also greifen sie Städte an, um Sklaven zu
bekommen. Gut. Wieso auch immer, das interessiert
mich nicht. Was mich mehr interessiert-"

„Wo lagern sie diese Bomben?"
Hina bemerkt Gils irritierten Blick und versucht,
nicht darauf einzugehen. Das wiederum scheint den
kleinen Blondschopf um einiges mehr zu erfreuen
als ihre vorige Reaktion.

„In *verschiedenen* Lagerräumen. Wir können sie
benutzen, um uns *freizubomben*."
Das wahnsinnige Kichern wird von Rheas
pragmatischer Antwort unterbrochen.

„Genau, und uns gleich mit. Was glaubst du
passiert, wenn wir die Dinger anzünden würden?
Wir würden alle in den Tunneln begraben werden."

„Nun sei nicht so *pessimistisch*. Wir müssen eben
zuerst alle versammeln und *danach* die Wege nach
oben freisprengen!"
Ein kleines Lächeln umspielt Hinas Lippen. Die zwei
Streithähne erinnern sie an die Zeit, in der Sora noch

gelebt hatte. Wehmütig sieht sie zu Gil, der mittlerweile die anderen Kisten inspiziert.

Kopfschüttelnd räuspert sie sich.

„Das spielt keine Rolle."

„*Keine Rolle?*"

Erneut seufzt Hina, um ihre Gedanken zu ordnen.

„Wo haben sie die Gefangenen? Was passiert mit den Menschen, die gerade festgenommen wurden? Und wenn wir schon dabei sind: Wie lange ist der Angriff auf Xyr eigentlich her?"

Mit ausgestreckter Brust steht Elysia vor ihr, die Hand erhoben, um ihren Vortrag weiterzuführen.

„Die *frischen* Gefangenen werden in das *Gefangenenlager* gebracht. So wie der Name es bereits vermuten lässt."

Rhea verdreht schmunzelnd ihre Augen.

„*Nachdem* man ihren Willen *gebrochen* hat, oder besser gesagt, nachdem sie *glauben*, ihren Willen gebrochen zu haben, werden sie vor die *zweite* Hüterin gebracht."

Ungeduldig unterbricht Hina den Monolog.

„Den zweiten Hüter? Es gibt mehr als einen?"

„Natürlich gibt es *mehr* als nur *einen*."

Verständnislos und leicht verärgert räuspert sich Elysia wieder, um danach weiterzuerzählen.

„Die zweite Hüterin entscheidet dann, was aus den Gefangenen wird. Und je nach ihrer Laune, verwendet sie den *Verwandlungsstein,* um einen Gefangenen in ein *Mischwesen* zu *verwandeln.*"

Elysia genießt die Stille und die Wirkung, die ihre Worte bei Hina hinterlassen haben.

Gil scheint im Gegenzug weniger beeindruckt.

„Wenn du Mischwesen sagst, was genau meinst du damit?"

Seine Ruhe bringt die kleine Rebellin ein wenig aus dem Konzept.

„Na *Mischwesen* eben. Halb-halb. Oder sogar *drei* verschiedene Wesen zusammen."

Grinsend beobachtet Hina Gil aus dem Augenwinkel. „Du meinst also, dieser Verwandlungsstein könnte Gil in einen Minotauren verwandeln?"

„Wieso ausgerechnet ich?"

„Na, dann wäre ich nicht mehr so allein."

„Nur weil ich dann wie ein Monster aussähe, heißt das nicht, dass ich dann tatsächlich eines wäre."

„Vielleicht, aber vielleicht würde es dir die Fähigkeit zu nörgeln nehmen."

Nach dem Streit in den Gängen ist diese kleine Diskussion ein Aufatmen für beide. Sie sehen sich nicht direkt an und müssen doch für sich lächeln. Dieses kleine Hin und Her ist kein Zeichen, dass alles in Ordnung ist. Aber dafür, dass es keinen größeren Streit mehr zwischen ihnen geben würde.

Für Hina, die zu jeder Zeit befürchten muss, einen Seitenhieb von Gil zu bekommen, ist es erleichternd.

Frustriert lässt sich Elysia auf den Boden fallen. Die Rekrutierung hatte sie sich anders vorgestellt.
„Na *los*. Fangt schon an, mich *auszulachen*, wie alle anderen *auch*."
Rhea will die Situation und ihr Gemüt beschwichtigen, als Hina ihr zuvorkommt.
„Warum sollten wir dich auslachen?"
Gil steuert ihr bei.
„Wie zuvor erwähnt, wir wollen unsere Leute befreien. Auch wenn du etwas komisch bist, sind wir auf dich angewiesen."
Hina räuspert sich, um Gil darauf aufmerksam zu machen, wie taktlos das gerade war.
Umsonst.
„Was er meint, ist …"
Sie kniet sich zu ihr.
„Wir haben bereits einen Krieg hinter uns. Oder etwas in der Art. Als wir nach Hause gekommen sind, fanden wir nichts als Chaos. Alles, was wir wollen, ist, dass diese Scheiße endlich aufhört und wir mit unseren Familien in Frieden leben können. Dafür würde ich ohne zu zögern alles in die Luft sprengen."
Gil scheint endlich gefunden zu haben, wonach er gesucht hat.

„Kannst du damit umgehen?"

Er wirft Hina eine verrostete Spitzhacke zu. Sie steht auf, und nach ein paar geschickten Handgriffen und Schlägen in die Luft nickt sie ihm zustimmend zu.

„Das ist zwar kein Morgenstern, aber die tut es für den Anfang sicher auch."

Elysia kann nicht anders als Hina mit großen Augen anzusehen. Als würden alle ihre Hoffnungen und Träume der Freiheit in greifbare Nähe kommen.

Gils beiläufige Bitte reißt sie aus der Trance.

„Also, wir benötigen eine Karte der Tunnel, die Orte der Gefangenenlager und Bombenlager, weitere Informationen über diese Pyro-Dinger und diese Mischwesen. Wenn ich dich richtig verstanden habe, Rhea, könnte dieser Damon ein größeres Problem für uns darstellen."

Sein plötzliches Magenknurren veranlasst sie alle zu einem Schmunzeln.

„Und zuallererst brauche ich was zu essen. Ihr habt nicht zufällig Wild da?"

GESPALTENE ZUNGEN

Von Elysia und Rhea erfahren sie, dass der Angriff
auf die Stadt Xyr wenige Wochen her ist. Die
Stollenarbeiter sind nicht nur verantwortlich dafür,
Mineralien abzubauen, sondern auch neue Wege
freizuschaufeln. Weiterhin haben sie auch tiefere
Einblicke über die Pyroniden gewonnen.
Geschichten zufolge, hat sich der Gott des Feuers
eine Armee von Feuermäusen herangezüchtet. Das
Einzige, was an ihnen nicht brennt, ist ihr Schwanz,
den sie öfter als Peitsche benutzen, um ungehorsame
Menschen zu bestrafen. Die Pyroniden verfügen
nicht nur über einen flammenden Körper, sondern
sind auch äußerst agil und besitzen einen
ausgeprägten Gehörsinn – als wäre ihre schiere
Anzahl nicht schon lästig genug. Um das
Tunnelsystem nicht zu gefährden, bleiben sie den
Arbeitsstätten fern, da die Hitze, die von ihnen
ausgeht, alles in die Luft jagen könnte. Deswegen
verwandelt die zweite Hüterin Zidonia auch öfter
Menschen zu Mischwesen. Sobald man den grünen

Verwandlungsstein berührt, verliert man nicht nur seine menschliche Form, sondern auch oft sich selbst. Viele der Mischwesen werden Zidonia gegenüber meistens loyal und dienen deshalb auch oft als Wächter. Sollte der Loyalitätsprozess länger dauern, werden sie zu den Stollenarbeitern gesteckt. Damon gehört zu den loyalsten Diener Zidonias. Als Schlangenwolf hat er nicht nur die Sinne des Vierbeiners, sondern besitzt auch Giftzähne, die er ohne zu zögern einsetzt.

Auch über Rorick haben sie etwas erfahren. Anscheinend befindet er sich schon seit Ewigkeiten in den Tunneln und hilft immer wieder aus, sei es mit Informationen oder Materialien.

Hina und Gil hören ihnen gebannt zu, während Gil unzufrieden an einigen Nüssen herumknabbert.

„Dann ist ja geklärt, um wen du dich kümmerst, Hina."

Die vier sitzen mittlerweile in Rheas Quartier. Die roten, leuchtenden Kristalle tauchen die verschiedenen Mineralien und getrockneten Kräuter, die überall verstreut umherliegen, in ein schummriges Licht. Die Luft ist stickig und warm.

„Es bleibt mir ja nichts anderes übrig. Was mir mehr zu schaffen macht, ist die Tatsache, dass das Gefangenlager viel zu nahe an den Bombenlagern ist."

Auf dem klapprigen Holztisch hat Elysia mit Gegenständen die wichtigsten Orte gekennzeichnet.

„Warum musst ausgerechnet du dich mit Damon befassen?"

Rheas Sorge um Hina lässt sie lächeln. Es fühlt sich gut an, umsorgt zu werden, was ihrer Meinung nach schon viel zu lange her ist.

„Das geht schon in Ordnung. Ich habe auch schon eine Ahnung, wie ich das anstelle. Wisst ihr, ob es an einem anderen Ort etwas Ähnliches wie eine Waffenkammer gibt?"

Heftig nickend zeigt Elysia auf die Karte.

„Um es uns so schwer wie nur *irgend möglich* zu machen, haben sie alles, was man als Waffe benutzen *könnte*, hier verstaut."

Während sie sich über den Tisch beugen, erklingt eine tiefe, kratzige Stimme am Eingang.

„Das ist doch nicht euer Ernst?"

Kiran steht mit verschränkten Armen und einem missbilligenden Gesichtsausdruck im Raum.

„Reicht es nicht, dass wir eine Spinnerin haben, die unbedingt unseren Tod will? Wollt ihr uns auch noch das Leben schwer machen?"

Mit aufgeplusterten Wangen fahrt Elysia den Neuankömmling an.

„Wenn du den Rest deines Lebens hier unten verbringen willst, dann *bitte*! Aber lass *uns* gefälligst in Ruhe!"

„Das würde ich ja, wenn deine Aktionen uns nicht immer schaden würden! Falls es dir nicht aufgefallen ist, musst du deine Scheiße nicht immer alleine ausbaden!"

Rhea stellt sich zwischen sie und gestikuliert hilflos mit ihren Händen.

„Das ist doch kein Grund zum Streiten. Kommt schon, wir müssen zusammenhalten. Sonst-"

„Ich sollte euch alle jetzt an Damon ausliefern! Dann hätten wir endlich Ruhe!"

„Tu das."

Gils Vorschlag lässt die drei Einheimischen verwirrt innehalten.

„Was?"

„Wenn ich mir das so überlege, ist das eine großartige Idee, Gil."

Hina lächelt ihn an und wendet sich dann an Elysia.

„Habt ihr noch eine andere Spitzhacke? Und vielleicht Pfeil und Bogen? Nicht, dass Gil nichts zu tun hat."

Der Blondschopf stottert etwas Unverständliches vor sich her.

„Lass mich außen vor. Der Wolf gehört ganz dir. Sieh es als Geschenk."

Wild mit den Armen fuchtelnd, steuert Kiran auf Gil
zu.

„Sagt mal, wollt ihr uns verarschen?"

Kiran will Gil am Kragen packen und ihn
durchschütteln, doch Hina ist schneller. Sie packt
seine Handgelenke, wirbelt ihn herum und bringt
ihn mit einem Tritt in seine Kniekehle auf den
Boden.

„Was zum-"

„Ich sage es gerne noch einmal: Geh zu Damon und
gib ihm Bescheid, dass zwei Vollidioten versuchen,
eine Rebellion zu starten. Und dann gibst du ihm
das."

Sie lässt ihn los, woraufhin er seine Handgelenke
reibend aufsteht, um möglichst viel Abstand
zwischen sich und Hina zu bekommen. Mit einer
lockeren Bewegung nimmt sie ihre Kappe und wirft
sie ihm entgegen.

„Wenn er tatsächlich eine gute Nase hat, dann wird
er mich schon finden."

Sie dreht sich zu Elysia um.

„Nochmals zu meiner Frage: Hast du eine zweite
Spitzhacke? Ach, und ist es in Ordnung, wenn ich
mich in den vorigen Stollen zurückziehe? Oder
würde das für euch zu viel Ärger bedeuten?"

Stille breitet sich im Raum aus. Auch wenn Hina es
gut überspielt, kann sich Gil vorstellen, was die Stille

in ihr auslöst. Ihre Kräfte sind unmenschlich. Das so offen zu präsentieren, war ein Fehler.

„Was zum Feuerteufel bist du?"

Kiran sieht sie mit Furcht und einer gewissen Abscheu an.

Die Selbstsicherheit, die Hina gerade noch gespürt hat, verschwindet so schnell, wie sie gekommen ist. Hilfesuchend blickt sie zu Gil.

„Sie ist dein schlimmster Albtraum. Und wenn du sie loswerden willst, solltest du diesem Damon Bescheid geben."

Zögernd tritt Kiran einige Schritte rückwärts und stolpert dann hinaus.

„Das ist *nicht* gut ..."

Elysia schüttelt mit ihren Händen die Lockenpracht.

Seufzend wendet sich Hina an ihren Freund.

„Was meinst du, Gil, soll ich noch etwas Blut aufsammeln? Nur für alle Fälle ..."

„Denk nicht mal daran. Und jetzt verschwinde. Wir warten hier auf dich."

Rhea hat es endlich aus ihrer Starre geschafft und möchte Hina den Weg versperren, doch Gil hält sie an der Hüfte fest.

„Du hast keine Ahnung, auf was du dich da einlässt! Er wird dich töten! Nein, er wird dich quälen und dann zerfleischen, bitte bleib hier!

Wir denken uns etwas aus ... Wir-"

Hina dreht sich an der Tür nochmals zu Gil.

„Bist du sicher? Nicht für mich, aber um es zu untersuchen. Vielleicht finden wir heraus, wie wir diese Verwandlungen rückgängig machen."

Ohne Rhea loszulassen, nimmt er das Einmachglas mit den Nüssen und wirft es ihr zu.

„Meinetwegen, aber iss unterwegs den Rest."

Lächelnd verschwindet Hina in den Tunneln.

Gil platziert Rhea auf einem wackeligen Hocker und nimmt einige Nüsse, die noch auf dem Tisch liegen, in den Mund.

„Also, während sie sich um das Hündchen kümmert, werden wir unseren Plan weiter ausarbeiten. Elysia, wie viele Geheimgänge kennst du?"

Hina hat sich verlaufen. Trotz oder gerade wegen den vielen Schildern. Sie sucht einen Ort, an dem sie sich Damon alleine stellen kann. Sie muss ihn möglichst schnell beseitigen, bevor er nach Unterstützung rufen kann. Gegen mehrere Gegner in diesen engen Tunneln und das nur mit dieser rostigen Spitzhacke … Das will sie nicht riskieren. Während sie sich auf ihre Umgebung konzentriert und versucht, jedes Geräusch wahrzunehmen, geht ihr durch den Kopf, dass sie sich vielleicht überschätzt hat. Ihr Brustkorb wird von einem Moment auf den anderen immer enger. Sie zwingt sich, gleichmäßige und tiefe Atemzüge zu nehmen. Ein Zischen lässt sie aufhorchen. Keinen Millimeter bewegt sie sich von der Stelle. Da ist es erneut. Sämtliche Sinne schlagen Alarm. Langsam dreht sie ihren Kopf, und im schummrigen Licht der Kristalle erkennt sie die gelben Augen. Fast in Zeitlupe kommt das Wesen näher. Seine gespaltene Zunge schlängelt zwischen seinen schuppigen Lippen.

„Du musst die Unruhestifterin sein, vor der sich Kiran derart in die Hose gemacht hat."

Die zischenden Worte jagen Hina einen Schauer über den Rücken.

Damon schleicht auf allen vier Tatzen auf sie zu. Statt eines Fells ziert seinen Körper ein rotes Schuppenkleid. Das Einzige, was an einen Wolf erinnert, sind die Augen und Ohren, welche spitz aufgestellt sind. Seine Schulterhöhe reicht ihr bis zur Hüfte.

Nachdem Hina ihren Gegner zur Gänze gesehen hat, atmet sie einmal durch.

„Sie hätten mir ruhig sagen können, dass du kein Fell hast."

Die ruhige Antwort lässt Damon kurzzeitig innehalten.

„Und wer genau hat von mir erzählt?"

Die reptilienartige Kreatur stolziert vor Hina auf und ab.

„Elysia und Rhea."

Ein leises Kichern, das eher wie ein Husten klingt, ertönt von Damon.

„Danke, dass du mir die Namen der anderen Verräter auf dem Silbertablett servierst … Sobald ich mit dir fertig bin, werde ich mich um die anderen kümmern."

Ohne jede Vorwarnung prescht Damon auf Hina zu. Sie kann gerade noch ihren Arm hinhalten, um keine schlimmeren Schäden zu nehmen. Seine vorderen Giftzähne bohren tief in ihren Unterarm.

Erwartungsvoll sieht Damon sein Opfer an.

Sekunden vergehen und nichts passiert. Die Augen verengend, beobachtet er jede Regung in ihrem Gesicht.

„Entschuldige, Damon, sollte ich etwas bemerken? Oder ohnmächtig werden vielleicht?"

Den Kopf zur Seite legend, versucht Hina das Gift in ihrem Körper auszumachen. Kopfschmerzen sind alles, was sie bemerkt. Auf den Spott hin beißt Damon noch fester zu, und mit seinem langen Schwanz zielt er auf ihre Beine. Gerade rechtzeitig bekommt sie seinen Schweif zu fassen, wofür sie die Spitzhacke fallen lässt und nun ihrerseits daran reißt.

„So kommen wir nicht voran. Könntest du bitte loslassen?"

Die Augenschlitze werden aufgerissen und sein Biss lockert sich ein wenig. Genug, damit Hina ihm ihren Arm entreißen kann. Dabei verliert sie einen großen Fetzten Fleisch und Blut. Mit Schwung reißt sie an seinem Schwanz. Damon wird an die Decke des Tunnels geschleudert und landet unsanft auf dem Boden. Damon bleibt einen Moment lang liegen und versucht zu realisieren, was gerade passiert ist. Er hat das Mädchen definitiv unterschätzt. Zischend rappelt er sich wieder auf. Doch ehe er sich umdrehen kann, wiederholt Hina das Ganze nochmals. Und nochmals. Damons Laute werden immer leiser. Für Hina ist das ganze viel zu einfach. Ist sie derart stark oder ihr Gegner einfach nur schwach? Sie nimmt die Spitzhacke wieder in die

Hand, leert die Nüsse in ihren Mund und während sie kaut, verletzt sie Damon mit der Hacke an seinem Hinterbein, um das Glas mit seinem Blut zu füllen. Sorgsam schraubt sie den Deckel zu und verstaut das aufgesammelte Blut in ihre Hosentasche. Langsam kommt Damon wieder zu sich und fängt an zu zischen.

„Du bist eine Befleckte! Das muss Zidonia erfahren, ich-"

Seine Stimme wird immer lauter, aber bevor er anfangen kann zu schreien, stößt Hina die Hacke auf seine Schnauze, um sie zu schließen. Ein weiteres Zischen erklingt. Noch immer seinen Schwanz in der Hand, kniet sie sich vor ihm hin.

„Ich werde dir jetzt einige Fragen stellen, die du mit einem Nicken oder einem Kopfschütteln beantworten wirst. Hast du das verstanden?"

Damon zögert, dann nickt er schwach.

„Sind die Gefangenen von Xyr noch in ihren Zellen?"

Ein Nicken.

„Nachdem Kiran zu dir gerannt kam, hast du jemanden informiert?"

Ein leichtes Kopfschütteln.

Sie überlegt, was sie ihn noch fragen könnte, da kommt ihr ein Gedanke.

„Du warst einmal ein Mensch."

Keine Reaktion.

Seufzend wiederholt Hina ihre Worte nochmals als Frage.

„Warst du einmal ein Mensch?"

Ein Nicken.

„Wie lange die Verwandlung wohl bei dir schon her ist …"

Sie denkt zurück an die Insel Vardra. Hätte Demitri damals auch nur annähernd etwas ähnlich wie einen Verwandlungsstein in den Fingern gehabt, wäre sie vermutlich noch immer an seiner Seite. Erneut jagt ein Schaudern über ihren Rücken.

„Tust du das freiwillig?"

Damon scheint zu überlegen und schüttelt dann den Kopf.

„Ich sehe in deinen Augen, dass du lügst. Gut. Das erleichtert es für mich."

Mit ihrem Fuß sorgt sie dafür, dass seine Schnauze geschlossen bleibt. Mit einer flüssigen Bewegung entfernt sie die Spitzhacke, holt aus und zielt auf sein Auge. Das rostige Metall gräbt sich in seinen Schädel und macht dabei ein knackendes Geräusch. Dabei spritzt sein Blut in ihre Wunde. Panisch tritt sie zurück.

„Nein …"

Keuchend nimmt sie wahr, wie sein Blut langsam in ihre Venen fließt und sich in ihrem Körper verteilt.

Die bekannten Schmerzen setzen fast augenblicklich ein. Das dürfte so gar nicht passieren. Muss sie das Blut nicht trinken? Eine schreckliche Erkenntnis trifft sie.

„Gil wird mich köpfen ...“

„Du hast *was*?"

„Wer konnte denn damit rechnen, dass die Übertragung auch so funktioniert? Bisher musste ich es immer trinken!"

Elysia und Rhea haben Mühe, den Streit zwischen Hina und Gil nachzuvollziehen. Nachdem Hina Damon erledigt und sich seines Todes vergewissert hat, schlurfte sie langsam wieder zu den anderen zurück. Kiran, der den Kampf aus sicherer Entfernung mitgehört hat, führte Hina durch die Gänge, damit nicht noch mehr Ärger auf sie zukommt.

„Wann wirst du wieder bei Kräften sein?"

Rhea, die Hinas Arm verbindet und ihr einen modrigen Tee gegen die Schmerzen zubereitet hat, stellt sich vor sie hin.

„Ich weiß ja nicht, was dein Problem ist, aber sieh sie dir doch mal an! Damons Gift hat ihr übel zugesetzt und du willst sie schon wieder in den Kampf schicken? Abgesehen von der Fleischwunde– es ist ein Wunder, das sie ihren Arm überhaupt noch hat! Wie wäre es, wenn-"

Hinas Hand auf ihrem Arm lässt sie innehalten.

„Gib mir einen Tag, dann ist das Schlimmste vorbei."

Mit offenem Mund starrt die Heilerin sie an.

„Das kann nicht dein Ernst sein, ich meine-"

„Es ist nicht das Gift, das mir so zu schaffen macht.
Es ist das Blut."

„Das *was*?"

Elysia sitzt an der Wand und hat ihre Arme um ihre
Knie gelegt.

„Du bist eine *Befleckte* … Habe ich recht?"

Gil, der sich das Glas mit dem Blut genauer ansieht,
antwortet ihr gelassen.

„Kommt darauf an, was du darunter verstehst."

„Hina hat die *Fähigkeiten* eines anderen Volkes in
sich aufgenommen, durch dessen *Blut*. Und jetzt
stirbst du, weil dein Körper die *dritte* Blutart nicht
verträgt. Das *wollte* ich nicht."

Die mutige Rebellin wie ein Häufchen Elend
schluchzen zu sehen, tut Hina leid. Gerne würde sie
ihr die Wahrheit sagen, doch das würde sie und die
anderen nur noch mehr verstören. Gil sieht sie
beschwörend an, den Mund zu halten.

„Dann ist das Ganze also auch schon wieder vorbei,
was? Ich meine, ich hätte mich eurer kleinen Aktion
angeschlossen, aber da Hina ohnehin bald stirbt,
wird das auch unser Tod sein, sobald Zidonia von
der Leiche erfährt. Wenn ihr entschuldigt, ich gehe
dann mal meinen Arsch retten."

Mit einer ironischen Geste verschwindet Kiran
wieder in den Tunneln.

Rhea sieht von einem Gesicht in das andere.

„Ich habe gerade keine Ahnung, was hier vor sich geht, aber du, Hina, legst dich jetzt gefälligst hin. Und danach ruhen wir uns alle aus. Ich muss zur Verarbeitung, um wenigstens einen kleinen Teil meines Tagesziels zu erreichen. Komm mit, Elysia." Sie bugsiert Hina auf das Bett und nimmt ihre Freundin an die Hand, um sie in die Tunnel zu ziehen.

Stille breitet sich aus. Nur Gils flüstern ist zu hören.

„Morgen?"

Hina nickt.

„Ja, morgen sollte ich wieder einsatzfähig sein."

„Hast du etwas Neues von dem Vieh erfahren?"

„Nur, dass die Gefangenen noch in ihren Zellen sitzen."

„Gut, dann haben wir hoffentlich noch genug Zeit."

FLAMMEN DER ENTSCHEIDUNG

Mit einem Stöhnen erwacht Hina aus einem unruhigen Schlaf. Ihr Kopf pocht, und verschlafen reibt sie sich die Augen. Gils sitzt am Tisch und spielt mit den verbliebenen Nüssen auf dem Tisch.

„Ich hoffe, dass du dein Wort hältst."

„Warum? Stehen die Mäuse vor unserer Tür?"

„Rhea und Elysia sind nicht mehr zurückgekommen."

Erschöpft lässt sie sich wieder nach hinten fallen.

„Vielleicht arbeiten sie noch. In diesen Tunneln verliert man jedes Gefühl für die Zeit."

„Die Uhr dort sagt mir, dass du über zwölf Stunden geschlafen hast. In dieser Zeit haben sie bestimmt Damon gefunden und auch ihre Sündenböcke."

„Zwölf Stunden?"

Schwungvoll richtet sie sich auf und steht auf den Beinen, was sie sogleich bereut. Mit geschlossenen Augen setzt sie sich wieder hin.

„Verdammt."

Gil platziert den Hocker vor ihr und macht sich daran, den Verband an ihrem Arm zu entfernen. Mit hochgezogenen Augenbrauen berührt er die verheilte Haut, die am Vortag noch weit aufgerissen war.

„Sag es schon."

Mit geschlossenen Augen wartet sie auf einen Kommentar.

„Wie geht es deinem Bauch?"

„Was?"

Seine ehrliche Sorge erleichtert sie.

„Es ist noch nicht zu Ende ausgestanden. Aber das Schlimmste ist vorbei. Mein Kopf macht mir gerade mehr Sorgen."

„Willst du noch etwas warten?"

„Nein. Wir können gehen."

„Gut, folge mir."

Sie greift nach der Spitzhacke.

„Die brauchst du nicht. Wir besorgen dir etwas Besseres."

Fragend sieht sie ihm nach, zuckt mit den Schultern und folgt ihm durch die Tunnel.

„Verrätst du mir, was genau wir jetzt vorhaben?"
Die Hitze wird größer und es fällt ihnen schwer zu
atmen.

„Elysia hat mir gestern einige Wege und
Geheimtunnel gezeigt. Wir werden einen Blick auf
das Gefangenenlager werfen."
Unruhe zerfrisst Gil. Während Hina geschlafen hat,
macht er sich ununterbrochen Vorwürfe. Er hätte an
ihrer Seite bleiben sollen, dann wäre das alles nicht
passiert. Andererseits wäre er ihr nur im Weg
gestanden und sie hätte sich nicht uneingeschränkt
auf Damon konzentrieren können. Dass Rhea und
Elysia bist jetzt nicht zurückgekommen sind,
beruhigt ihn noch weniger. Sein schlechtes Gewissen
zerfrisst ihn. Nicht zu vergessen, dass er noch immer
darauf hofft, seinen Vater lebendig vorzufinden.
Schließlich ist er allein seinetwegen hier.
Gil führt sie durch ein schmaler werdendes
Gewölbe, bis sie vor einer Sackgasse stehen. In der
Wand befindet sich ein dunkles Loch, durch das sie
kriechen müssen, um weiter voranzukommen. Er
holt einen Kristall aus seiner Hosentasche.
„Wo hast du den her?"
„Ich habe ihn aus Rheas Zimmer. Was? Glaubst du,
ich habe nur vor mich hingestarrt, als du geschlafen
hast?"
Er klettert in den engen Durchgang.

„Nein, aber sie zu beklauen finde ich nicht richtig ..."

„Du hast gestern getötet. Und Diebstahl findest du nicht richtig?"

Hina folgt ihm.

„Hey, das war auch deine Idee. Abgesehen davon, ist Rhea wirklich nett."

„Sei leise, wir kommen unserem Ziel näher."

Die Hitze wird beinahe unerträglich. Als Gil anhält, reckt sie ihren Hals, um etwas zu erkennen. Mit seiner Hand winkt er sie nach vorn und zusammen quetschen sie sich an den Ausgang. Mit aufgerissenen Augen betrachten sie das Geschehen. Sie befinden sich an der Decke eines Ganges. Sie erkennen, dass der Gang sich durch mehrere höhlenähnlichen Gebilde schlängelt, bis er an der Treppe zum Podest mündet. Nicht nur die Kristalle erhellen die Umgebung, sondern auch die Pyroniden. Unzählige von ihnen tummeln sich in den Gängen und eine noch größere Menge versammelt sich vor dem Podest. Dort können sie eine Gruppe von Menschen erkennen. Gil sucht seinen Vater und sieht zuerst Rhea und Elysia. Hinas Blick ist auf etwas ganz anderes gerichtet. Auf dem Podest sind vier Stühle aneinander gereiht. Die ersten zwei sind leer, auf dem Dritten sitzt ein Griffi und auf dem Vierten erkennt sie ihre Mutter. Entgeistert flüstert sie vor sich her.

„Was macht sie dort?"

„Wir müssen näher ran."

Gil versucht sich etwas Platz zu verschaffen, um aus dem Loch hinauszukommen.

„Warte! Ich kann gegen diese brennenden Fellknäul nichts ausrichten, ich bin nicht feuerfest."

Mit seinem Zeigefinger deutet er auf eine Höhle in der Nähe des Podests.

„Siehst du das? Dort sollten sie die Waffen gelagert haben. Und jetzt komm, die sind alle unterwegs zum Podest. Wenn wir leise sind, können wir ihnen folgen."

Gil klettert hinunter und platziert sich hinter einer steinernen Wölbung. Seufzend tut Hina es ihm gleich. Zusammen schleichen sie in die Richtung des Podests. Abgesehen vom Zischen der Flammen und dem Piepsen der Pyroniden, hören sie ein schallendes Lachen. Zwischen den Wölbungen erkennen sie eine flammende Ratte, die einen grünen Stein in den Händen hält.

„Wie ich gehört habe, sind die zwei sehr fleißig dabei, eine kleine Revolution zu organisieren. Könnt ihr das glauben?"

Sie spricht zu den versammelten Pyroniden. Das Piepsen wird lauter und lässt Hinas Kopfschmerzen ansteigen. Während Rhea und Elysia mit gefesselten Händen vor einer Gruppe Gefangener stehen. Mit wütenden Augen fixiert der kleine Lockenkopf die Ratte. Gil flüstert Hina dringlich zu.

„Das muss Zidonia sein. Und der grüne Stein in ihren Händen dieser Verwandlungsstein. Wir müssen etwas unternehmen! Was sind unsere Optionen?"

Eindringlich starrt er Hina an. Sie blickt nervös umher und versucht, ihre eigene Stärke und ihre somit verbleibenden Möglichkeiten einzuschätzen. Sie will nicht, dass Rhea und Elysia bestrafft werden, weil sie ihnen geholfen haben. Noch weniger will sie, dass den anderen etwas passiert. Und warum sitzt ihre Mutter bei den Hütern? Eine Träne rinnt ihre Wange entlang. Schnell schließt sie die Augen und versucht ihren Atem zu beruhigen. Mit der einen Hand stützt sie sich am Gewölbe ab und die andere hält sie auf ihren Bauch.

Gil lässt ein frustriertes Knurren von sich und schleicht allein weiter.

Sorgsam weicht er allen Pyroniden aus und achtet darauf, nicht entdeckt zu werden. Er schafft es bis zum Waffenlager und schnappt sich einen Bogen, einen Köcher mit Pfeilen und das nächste Messer. Währenddessen genießt Zidonia die Angst, die sie in den Augen der Gefangenen sieht. Mit einer übertriebener Geste wendet sie sich an den Blondschopf.

„Keine Sorge, liebe kleine Elysia. Ich wusste schon lange, dass du von der unerreichbaren Freiheit träumst. Jedoch habe ich deine kleinen Träume niemals wirklich ernst genommen. Bis zu dem Zeitpunkt, an dem ich gehört habe, dass du und zwei Fremde für Damons tot verantwortlich seid." Zidonias letzte Worte lassen die Menge erneut laut werden.

Währenddessen hat es Hina wieder geschafft, sich selbst unter Kontrolle zu bekommen. Doch als sie die Augen öffnet und Gil eine Antwort geben will, muss sie feststellen, dass er nicht auf sie gewartet hat. Nervös gleitet ihr Blick umher.

„Bitte stelle nichts Dummes an … Bitte, bitte …"

Eine Welle der Erleichterung durchfährt sie, als sie ihn entdeckt. Einige Gewölbe unter ihr, an einer Wand, die ihm etwas Schatten bietet, hat er sich mit einem Bogen zurückgezogen. Sein Blick trifft den ihren, und sie macht sich daran, weiter zum Podest vorzudringen.

„Tja, wenn ihr mir meinen treuesten Wächter nehmt, dann solltet ihr ihn mir auch ersetzten, nicht wahr?"

Mit einem grotesken Grinsen hält Zidonia den grünen Stein in die Höhe.

Hina wird nicht schnell genug sein. Das ist sowohl ihr als auch Gil klar. Er kann nicht länger auf sie warten und schießt Zidonia ins Handgelenk, woraufhin sie einen markerschütternden Schrei von sich gibt und den Stein fallen lässt.

Hina sprintet durch die Menge, ihre Kleider fangen Feuer, und nur nebenbei klopft sie darauf, um die Flammen zu ersticken.

Ihr Ziel ist es, den Stein zu erreichen. Und das so schnell wie möglich.

Zidonia erkennt den Menschen zwischen den Pyroniden und zeigt mit ihrer unversehrten Klaue auf sie.

„Haltet sie fest!"

Schwänze und brennende Klauen greifen nach ihr, doch sie schafft es, mit mehreren blutenden Verletzungen auf das Podest zu springen und sich den Stein zu schnappen.

Die Zeit bleibt stehen.

Im Moment, in dem sie den Verwandlungsstein in den Händen hält, fühlt sie sich schwach und stark zugleich.

Zuerst lässt sie einen kehligen, hohen Schrei von sich. Derselbe Laut, den sie von den Lindwürmern kennt. Ihre Arme und Beine werden dünner und ihre Sehnen stechen hervor, ihre Haut erhält einen Grünstich. Langsam wachsen ihre unteren Eckzähne zu großen Hauern und sie bekommt einen Unterbiss. Unmittelbar danach lässt sie ein immenser Schmerz aufschreien, ihre Schulterblätter brechen an mehreren Stellen und reißen sich durch die Haut, um Flügel zu bilden. Rote Schuppen entstehen zeitgleich auf ihrem Körper.

Bevor sich die Verwandlung vervollständigt hat, lässt sie den Stein los und sinkt auf die Knie.

Stöhnend erträgt sie, dass sich ihr Körper wieder normalisiert. Heftig atmend versucht sie sich mit ihrem zitterndem Körper aufzurichten. Schweiß rinnt ihren Körper entlang. Mit einem Ruck steht sie wieder auf und jeder auf der Plattform weicht einige Schritte von ihr zurück. Sie möchte Gil nicht ansehen, da sie so seine Präsenz verraten könnte. Hoffnungsvoll sucht sie die Augen ihrer Mutter, die sie mit voller Abscheu mustern. Der Stich, der ihr Herz durchbohrt, ist schmerzhafter als die vorige beinahe Verwandlung.

„Mam-"

„Ich bin nicht deine Mutter. Meine Tochter ist kein … kein Monster …"

Hina bleibt die Luft weg. Ist das tatsächlich die Frau, die sie vor einem Jahr noch herzlich in den Arm genommen und getröstet hat?

Ein Pfeil durchbohrt das Bein von Hinas Mutter. Das lässt Hina aus der Stockstarre entkommen und sie sieht sich um. Ihr Körper schmerzt und das Pochen im Kopf ist nun lauter als je zuvor.

„Was steht ihr noch herum – lauft!"

Hina schreit Elysia und die anderen an, die sich erst jetzt in Bewegung setzten. Hina versucht ihnen zu helfen, während die Pyroniden ihnen im Weg stehen. Vor dem Podium bricht das Chaos los. Während des Durcheinanders sieht Hina, wie Zidonia den Stein wieder aufhebt und auf Rhea zuspringt. Da fällt Hina die Feuerschale ins Auge. Wenn sie den Stein nicht in die Finger bekommt, muss sie Zidonia aufhalten oder zumindest ablenken. Ohne zu zögern, fasst sie die glühende Schüssel an und wirft sie um. Funken, Glut und Rauch wirbeln auf. Hina sieht, wie sich eine Gestalt aus Feuer manifestiert und auf sie zukommt. Dann wird alles schwarz.

UNERWARTETE
BEKANNTSCHAFTEN

In dem ganzen Durcheinander haben es viele der
Bewohner dank der Hilfe von Elysia, Rhea und Gil
geschafft, zu fliehen. Sie konnten sich in einem der
Bombenlager verstecken, um die Pyroniden auf
Distanz zu halten.

Hina jedoch wurde in ein besonderes Gefängnis
gesteckt, welches Zidonia in ihren Privatgemächern
hat anfertigen lassen. Umwickelt mit einem grauen,
kratzigen Tuch, an den Füßen und am Hals in
eiserne Ketten gelegt, liegt sie am Boden. Staub frisst
sich in ihre Lungen. Langsam spielt sie das
vergangene Jahr in ihrem Kopf durch. Sie versucht
herauszufinden, wo sie falsch abgebogen ist. Welche
Handlung es war, die sie zu diesem Punkt gebracht
hat. Sie ging durch die Hölle und überlebte. Sie kam
freiwillig hier runter, um die Stadtbewohner zu
retten.

Freiwillig.

Aus freien Stücken.

Unaufgefordert.

…

Ihre Tränen versiegen und sie setzt sich mit einem Ruck auf.

„Bullshit!"

Je mehr sie über die vergangenen Ereignisse nachdenkt, desto mehr wird ihr klar, dass sie ständig hin und her geschubst wurde. Überredet, genötigt, verführt, vor eine vollendete Wahl gestellt, aber nie aus freien Stücken. Selbst der harmlose Ausflug in den Wald hat nur stattgefunden, weil ihre Mutter sie dazu überredet hatte.

Ihre Mutter.

Dieselbe Person, die sie vorhin ein Monster nannte.

Es ist genug.

Nach mehreren tiefen Atemzügen versucht sie mit ihren Armen den Stoff etwas zu lockern. Doch abgesehen davon, dass der Stoff sich an ihrer Haut abscheuert, geschieht nichts.

„Verfluchte Scheiße!"

„Das ist Asbest. Da kannst du so viel fluchen, wie du willst."

Das Zimmer ist dunkel und sie kann nichts erkennen. Doch sie ist sich sicher, dass das Roricks Stimme war.

„Was willst du?"

Schon wieder ist dieser Mann aufgetaucht, ohne dass Hina es wahrgenommen hat. Die einzige Erklärung, die sie für diese Unachtsamkeit hat, ist, dass ihre Sinne durch die innere Wut abgestumpft sind.

„Nun, eigentlich wollte ich dir helfen, aber wenn du so unfreundlich bist, dann gehe ich halt wieder."

„Ich habe keine Lust auf Spielchen. Entweder gehst du jetzt, oder du sagst mir, was du willst."

Sein Seufzen verrät Hina seine ungefähre Position. Er ist ganz in ihrer Nähe.

„Dann sag mir wenigstens, wo wir sind."

„In Zidonias Privatgemächern."

„Natürlich. Und ein kleiner Spion wie du hat keinerlei Probleme damit, in die Privatgemächer der Hüter einzudringen."

Wehmütig muss sie an ihre Mutter denken.

„Vielleicht kann dieser kleine Spion dir helfen, zu entkommen. Denn ich bin mir sicher, dass Zidonia mit dir nicht sehr zimperlich umgehen wird, nachdem sie die Aufräumarbeiten beendet hat."

„Du hast also zugesehen."

„Das konnte ich mir nicht entgehen lassen. Ich muss schon sagen, ich bin beeindruckt. Langsam verstehe ich, warum der Feuergott dich haben will."

Diese Aussage hinterlässt ein flaues Gefühl in ihrem Magen.

„Und woher willst du das wissen?"

„Ich habe meine Augen und Ohren überall."

„Warum hast du uns dann nicht geholfen?"

„Habe ich nicht?"

Hina beißt sich auf die Lippen. Sie kann sich nicht mehr an alles erinnern. Jedenfalls nicht genau. Auch wenn das Dröhnen in ihrem Kopf nachgelassen hat, bleibt ein Gefühl der Verwirrung.

„Und warum bist du hier?"

„Ich wollte dich um einen Gefallen bitten."

Ein erschöpftes Lachen kommt über ihre Lippen.

„Natürlich willst du das. Also, nur raus damit! Was kann ich, der Vollidiot vom Dienst, für dich tun?"

Die Verbitterung in ihrer Stimme veranlasst Rorick, ein bisschen Mitleid für sie zu empfinden. Das ist neu für ihn. All die schrecklichen Schicksale, die er gesehen hat, haben ihn abstumpfen lassen. Dachte er zumindest.

„Ich benötige einen Verwandlungsstein."

„Wir sind doch in Zidonias Raum, warum machst du nicht das Licht an und suchst danach? Vielleicht findest du in ihrem Nachttopf ein paar davon."

„Wie du dir vorstellen kannst, bin ich nicht zum ersten Mal hier. Und nein, auch dort sind keine Steine versteckt."

„Ich habe keinen Grund, dir zu helfen."

Seine plötzliche Berührung lässt Hina zurückschrecken. Mit seinem Daumen streichelt er ihre Wange. Sie kann seinen Atem auf ihren Lippen spüren, und das leise Flüstern, das von ihm kommt, jagt einen Schauer über ihren Rücken.

„Es gibt jede Menge Gründe, warum du mir helfen solltest. Wenn du willst, kann ich dir einige davon zeigen …"

Mit Schwung verpasst Hina ihm eine Kopfnuss, Rorick verliert das Gleichgewicht und fällt nach hinten. Mit weit aufgerissenen Augen hält er sich seine Stirn.

„Was soll das!"

„Steck dir deine Gründe in den Arsch."

Für einen Moment hatte Hina wieder Demitri vor Augen. Den Abend, an dem er sie um seinen Finger gewickelt und mit ihr geschlafen hat. Augenblicklich wird ihr schlecht.

„Ich lasse mich nicht mehr benutzen und erst recht nicht wie ein kleines, naives Mädchen verführen! Verschwinde, bevor ich mich von diesen verfluchten Ketten befreien kann und dir den Hals umdrehe!"

„Du … drohst mir?"

„Bist du taub? Was glaubst du eigentlich, wer du bist? Sobald ich hier aus bin-"

Rorick presst seine Lippen gegen ihre. Bevor sie reagieren kann, ist er weg. Ihre Ketten haben sich gelockert und sie kann sich aus der Decke winden.

Mit ihren Händen zerstört sie die Halsfessel und danach macht sie sich daran, ihre Füße zu befreien. Das kostet sie mehr Kraft, als Hina es erwartet hat. Noch immer ist es dunkel, weshalb sie nicht erkennt, wo Rorick sich gerade aufhält.

„Was nimmst du dir eigentlich heraus? Du elender Feigling!"

Sein Kichern nährt ihre Wut ins Unendliche.

Sekunden dauert es, bis sie wieder auf den Beinen steht. Sie konzentriert sich, um ihre Umgebung besser wahrzunehmen. Langsam erkennt sie die Umrisse des Raumes. Doch von Rorick ist keine Spur.

Wie ein Schlag dämmert es ihr.

„Du bist kein Mensch, jedenfalls nicht mehr. Du bist wie ich."

„Das würde ich so nicht sagen."

„Du bist ein Befleckter."

„Ich habe dich befreit, holst du nun die Verwandlungssteine für mich?"

„Du hast mich geküsst. Damit wären wir wohl quitt."

„Das war kein Kuss. Jedenfalls kein richtiger. Aber wenn du willst …"

„Wage es nicht, mir zu nahe zukommen!"

Sicherheitshalber hält Hina ihren Mund mit einer Hand verdeckt.

„Keine Angst. Das nächste Mal wirst du mir um den Hals fallen und nicht mehr die Finger von mir lassen können."

„Genau davon bin ich auch überzeugt. Ich werde deinen elenden Hals so lange zu drücken, bis du tot bist."

„Auch wenn unser Gespräch doch sehr interessant war, muss ich dich daran erinnern, dass du nicht mehr viel Zeit hast."

Ein Fingerschnippen erklingt und die Kristalle fangen an zu leuchten. Hinter ihr erkennt Hina die gesprengten Ketten am Boden. Ihr gegenüber thront ein luxuriöses Bett aus Lehm und bezogen mit demselben Stoff, in dem sie aufgewacht ist.

Die ganze Ausstattung ist aus Lehm – bis auf die zwei Metalltüren jeweils links und rechts von ihr. Optisch gibt es zwischen ihnen keinen Unterschied. Hina fragt sich gar nicht mehr, wo Rorick geblieben ist. Für seine Frechheit wird er büßen müssen. Doch das muss warten. Sie muss zu Gil und den anderen.

„Wenn Zidonia wirklich noch damit beschäftigt ist, aufzuräumen, sollte ich mich beeilen. Nur, welche Tür ist die richtige? Und auch wenn ich die Richtige erwische, woher soll ich wissen, ob nicht Pyroniden vor der Tür stehen?"

Seufzend dreht sie sich zur rechten Tür.

Langsam drückt sie den Metallhebel hin und her und legt ihn dann nach rechts. Mit einem Klicken springt die Tür auf und sie steht von einem dunkeln Loch. Kälte kommt ihr entgegen und lässt sie erzittern.

All ihren Mut zusammennehmend, tritt sie in die Dunkelheit.

Langsam platziert sie einen Fuß nach dem anderen. Nach dem fünften Schritt hört sie, wie die Tür hinter ihr mit Schwung geschlossen wird.

Unruhe breitet sich in ihr aus.

„Das war dann wohl die falsche Tür. Nun, dann finde ich mal heraus, wohin dieser Weg führt."

Sich weiter selbst Mut zuredend, wagt sie sich weiter durch die Dunkelheit.

Nach einer gefühlten Ewigkeit nimmt Hina ein Flüstern wahr, erst von einer Stimme, dann von mehreren. Mit geschlossenen Augen versucht sie, die Quelle der Laute zu finden. Doch sie kommen von überall. Und sie werden lauter.

„Geh weg!"

„FLIEH!"

Hina versucht sich die Ohren zuzuhalten, um sich vor den Stimmen zu schützen.

„Du bist nicht gut genug!"

„Ohne dich wäre sie noch am Leben!"

Fieberhaft denkt sie nach, was diese Stimmen auslösen könnte. Nachdem sie auf Vardra alle möglichen Wesen kennengelernt hat, schließt sie nichts mehr aus.

„Seid ihr Geister? Oder Kobolde?"

„Du alleine bist schuld!"

„Wir möchten dich hier nicht haben!"

Sie entscheidet sich, die Stimmen zu ignorieren und schreitet weiter.

„Du hast sie getötet!"

„Du hast sie beide im Stich gelassen!"

„Ach ja? Erzählt mir mal etwas Neues. Als ob es nicht reichen würde, dass ich mir selbst ein schlechtes Gewissen mache. Nein, ich muss auch noch meinem Gewissen *begegnen*."

„Was hast du den angestellt?"

Hina bleibt augenblicklich stehen. Die Stimme, die die letzte Frage gestellt hat, klingt metallisch – beinahe steinern. Langsam öffnet sie ihre Augen und versucht verzweifelt, etwas in der Dunkelheit zu erkennen. Ein Kichern erklingt.

„Stimmt ja, in diesem künstlichen Schwarz kann außer mir niemand etwas sehen. Das haben wir gleich."

Ein Schnippen und Hina muss ihre Augen wieder schließen, denn der Gang wird auf einen Schlag hell erleuchtet. Die Hände als Schirm benutzend, gewöhnt sie sich blinzelnd an das Licht. Sie befindet sich nicht in einem engen Gang, sondern in einer gigantischen Höhle. Und gerade wünscht sie sich, es wäre nie hell geworden. Mit offenem Mund starrt sie die steinerne Sphinx vor ihr an, mit einer Haut aus weißem Marmor. Das Wesen überragt Hina um gut zehn Meter. Die schwarzen Augen fokussieren sie und scheinen Gefallen an ihrer Reaktion zu haben. Nun kann Hina auch erkennen, woher die anderen verzerrten Stimmen kommen. Winzige Schrumpfköpfe fliegen um die Sphinx.

Diese streckt sich genüsslich wie eine Katze und stützt ihren menschlichen Kopf auf einer Pfote ab. Ein Grinsen entstellt ihr Gesicht.

„Na, wirst du meine Frage beantworten?"

Hina fasst sich ans Herz und schluckt einmal, bevor sie sich räuspert. Was leider nicht sehr viel hilft.

„Ich – nun ich … weiß nicht? W-was ist denn deine … Ihre … ich meine… welche Frage denn?"

„Herrje, du bist ja schlimmer als das letzte Häppchen."

„H-häpp-pchen?"

Die Sphinx schnuppert an Hina, die stocksteif dasteht.

„Und was für ein Häppchen. Du bist eine Befleckte, nicht wahr?"

Sie nimmt nochmals einen tiefen Atemzug, als
würde sie an einer duftenden Blume riechen.

„Und nicht nur das, in dir schlummert das Blut eines
Drachen. Wie lange ist es wohl her, seit ich solch
einen Gaumenschmaus hatte!"

Die Sphinx leckt ihre Lippen. Dabei fallen einige
Kieselsteine auf den Boden.

Hina redet sich selbst Mut zu.

Komm schon, Hina, du schaffst das – denk nach!

Ihr Blick fällt auf den grünen Stein, der in einer Tiara
eingebaut wurde, die auf dem gigantischen Kopf der
Sphinx sitzt.

Sie räuspert sich nochmals.

„Sag mal, wie lange bist du denn schon hier drin?"

„Na so was, du kannst ja doch ganze Sätze
sprechen."

Das steinerne Lachen lässt die Schrumpfköpfe noch
wilder durch die Luft fliegen.

„Wie lange ich schon hier drin bin? Keine Ahnung.
Ich habe aufgehört, die Jahrhunderte zu zählen."

„Möchtest du denn nicht raus?"

„Dann müsste ich ja mein Essen selbst besorgen.
Nein, hier empfinde ich es als angenehm. Abgesehen
davon leistet mir das Flämmchen gelegentlich
Gesellschaft. Das reicht eigentlich."

Die riesige Gestalt gähnt und Hina kann die
spitzigen Zähne sehen.

„Ehm, reicht das wirklich? Ich meine … ich… wir könnten doch etwas Spaß haben. Oder nicht?"

„Versuchst du gerade, deine Haut zu retten?" Amüsiert beugt sich die Sphinx runter. Hina widersteht dem Drang, nach hinten auszuweichen, und kneift die Augen zusammen.

„Warum nicht. Das könnte lustig werden, jetzt, da du wieder ganze Sätze sprechen kannst."

Das groteske Grinsen jagt Hina einen Schauer über den Rücken.

„Ich weiß auch schon, was wir spielen."

„Ratespiele?"

„So etwas in der Art. Eine Frage für eine Frage und eine Antwort für eine Antwort. Wer zuerst die Reihenfolge bricht, hat verloren. Was meinst du dazu?"

Hina überlegt einen Moment.

„Was ist für mich drin?"

Erneut hallt das steinerne Lachen durch den Raum.

„Ich habe in meinem langen Leben erst einmal verloren. Ich glaube kaum, dass das nochmals geschieht. Aber du hast natürlich recht. Wenn nichts für dich herausspringt, hast du gar keinen Anreiz."

Die Sphinx setzt sich auf ihre Hinterbeine und kratzt sich am Kinn. Erneut fallen kleine Steine auf den Boden. Hina muss mehrmals ausweichen.

Einige Geschichten, die Hina in ihrer Kindheit
gelesen hat, gehen ihr durch den Kopf. Mehrmals
hat sie von den großen Sphinx gelesen. Nun einem
lebendigen Exemplar gegenüberzustehen ist jedoch
ganz anders als sie es erwartet hätte. Aber wer
erwartet hinter einer Eisentür in einer Lehmhöhle,
die hinter einem großen Tunnelsystem tief unter der
Erde vergraben ist, eine Sphinx?
Sie richtet ihre Augen auf das Wesen vor ihr.
„Wie wäre es, wenn ich dich dann nicht essen
würde?"
„Das wäre bestimmt ein Anfang. Aber ich hätte
gerne noch etwas."
„Jetzt wirst du aber mutig, Kleines. Was hättest du
denn gerne?"
„Wenn ich gewinne, gibst du mir alle
Verwandlungssteine."
Selbstsicher grinst die Sphinx.
„Das geht leider nicht, *Kleines*."
Gespielt entschuldigend schüttelt die steinerne Katze
den Kopf.
„Um diese Steine zu machen, muss ich zuerst etwas
essen. Die anderen hat das Flämmchen. Und wenn
wir schon beim Thema sind: Wenn ich gewinne,
wirst du mein nächstes Häppchen."
Hina versucht noch etwas Zeit zu schinden. Wo ist
sie nur wieder hineingeraten?

„Wer entscheidet über den Sieg?"

„Die kleinen Schrumpfköpfe."

Ihr Blick gleitet zu den kleinen, fliegenden Köpfen. Seit die Sphinx angefangen hat, zu reden, haben sie keinen Mucks von sich gegeben. Hina holt noch einmal tief Luft. Hätte sie doch nur die andere Tür gewählt.

„Von mir aus können wir beginnen."

HOFFNUNGSSCHIMMER

Vor Gils Augen spielt sich immer wieder Hinas
Verwandlung ab. Es war ihm nicht wirklich
bewusst, was alles in ihr schlummert. Oder besser
gesagt, er hat es verdrängt. Gil erinnert sich an die
Schlacht auf Vardra, in der er sie hat kämpfen sehen.
Schon dort war ihm aufgefallen, wie Hina sich
verändert hat. Ihre Bewegungen, die Art und Weise
zu sprechen und ihr Blick – jener Blick, der ihn
schaudern lässt, wenn er nur daran denkt. Er hat es
zuerst auf die Umstände geschoben, versucht, den
ungeschickten Bücherwurm in ihr zu sehen. Das
kleine Mädchen, das den Schmetterlingen verträumt
hinterher sah. Das Häufchen Elend, welches
weinend nach Hause rannte, wenn es ein paar
Tropfen Blut entdeckte. Doch die Veränderung weg
von diesem unschuldigen Mädchen hörte nicht auf.
Im Gegenteil, sie wurde immer mehr zu einem
anderen Menschen. Zu einem anderen Wesen.
Gil und seine Schwester hatten von ihrem Vater
gelernt, wie man mit Tieren umgeht. Wie man

gefährliche Tiere erkennt und sie in Schach hält. Ähnlich verhält es sich mit Hina. Er war sich sicher, dass er ihr gegenüber keine Angst zeigen darf. Dass sie ihn verschlingen würde, wenn er es doch tat. Er hatte sich gesagt, dass er auf der Hut bleiben würde. Wenn es zum Äußersten käme, würde er sie töten. Schließlich ist Sora ihretwegen gestorben. Für Gil ist der Fall klar. Und doch war sie so verletzlich. Hina in der Asche ihres Zuhauses zu sehen, hat ihm das Herz gebrochen. Von da an war er sich nicht mehr sicher, wie er mit ihr umgehen soll. Zudem hatte sie gerade die Kraft des Verwandlungsteins auf sich gezogen. In diesem Moment war ihr Blick nicht mehr der eines gefährlichen Tieres. Sie erinnerte ihn an einen Hasen, der ängstlich vor dem Wolf davonläuft. Dieses Wesen, das enorme Stärke ausstrahlt und gleichzeitig so schwach ist.

Nachdem Hina die Feuerschüssel umgeworfen hatte,
hat sich eine flammende Maske manifestiert.
Zidonias Flammen sind wegen dieses Anblicks
sofort erloschen. Die restlichen Pyroniden haben sich
keinen Millimeter mehr bewegt und verbeugten sich
vor der Maske. Nur dank Rhea konnten sich die
meisten Gefangenen aus dem Staub machen. Sie
blieb bei Verstand und hat sich von der Situation
nicht überrumpeln lassen. Nachdem Gil die
Fliehenden wahrgenommen hatte, ist er ihnen
entgegengerannt und hat sie in eine der
Schwefellager gebracht.

Nun sitzen sie zwar in der Falle, haben aber Zeit und
Ruhe gewonnen. Denn keiner der Pyroniden würde
es wagen, die Tür zu öffnen. Die daraus
resultierende Explosion würde nicht nur dutzende
Arbeiter töten, sondern auch bis zu den anderen
Lagern reichen und sie in die Luft jagen. Somit wäre
die gesamte unterirdische Stadt in Gefahr. Das
können sie nicht riskieren.
Musternd blickt Gil in die Runde. Vor mehreren
hundert Metallcontainern sitzen drei Dutzend
verletzte und entmutigte Gesichter. Mit dem Rücken
zur Metalltür steht er da und lässt sich ihre Situation
nochmals durch den Kopf gehen. Hinter der Tür
hört er das Piepsen der Pyroniden.

Rhea hat Teile ihres Kleides in mehrere Streifen gerissen und kümmert sich um die Verletzten. Dabei ignoriert sie ihre eigene blutende Wunde am Oberarm. Elysia sieht sich in der Zwischenzeit die Schwefelvorräte an und durchsucht die hinteren Teile der Höhle.

Gil sieht sich die einzelnen Gesichter der ehemaligen Gefangenen an. Er erkennt die meisten von ihnen. Doch ein Gesicht fehlt. Während er nochmals jeden mustert, kommt jemand auf ihn zu. Der Sohn des Schmieds, Gil, hat ihn als überheblichen Dummkopf in Erinnerung. Doch jetzt ist alle Arroganz aus seinen Augen verschwunden und langsam tritt er auf Gil zu.

„Du bist Gil … oder? Du gehörst zum Jäger …"

Sein Magen verkrampft. Langsam nickt Gil ihm zu.

„Wir dachten, ihr, du und deine Schwester, ihr seid … wir dachten, ihr seid tot."

Gil richtet seinen Blick zur Seite.

„Das stimmt nur halb."

„Oh … hör mal, dein Vater …"

„Hat er den Angriff auf die Stadt überlebt?"

Der Schmiedsohn schüttelt den Kopf.

„Was ist mit dem Bibliothekar?"

Erneut schüttelt er den Kopf.

„Mehr muss ich nicht wissen."

Gil will an ihm vorbei, um mit Elysia zu sprechen,
hält aber nochmals an. Zögernd legt er eine Hand
auf seine Schulter.

„Danke."

„Gil! Ich habe etwas *gefunden*!"
Der mit Ruß und Kohle verschmierte Lockenkopf
Elysias hüpft zwischen den Containern auf und ab.
Eilig geht er auf sie zu. Das beklemmende Gefühl in
seiner Brust ignoriert er. Sie haben keine Zeit, um
jetzt zu trauern. Es muss etwas geschehen, und diese
brennenden Nager werden bestimmt nicht einfach
so davonkommen. Mit Mühe richtet er seine ganze
Konzentration auf die grinsende Elysia.
Und auf das, was sie in ihren Händen hält.

ZWEIFELHAFTER SIEG

Die Regeln des Spiels sind simpel und doch
verwirrend. Eine Frage für eine Frage und eine
Antwort für eine Antwort. Wer zuerst aus dem
Konzept geworfen wird, hat verloren. Die Sphinx
hat es sich gemütlich gemacht und fixiert Hina.
Dann stellt sie die erste Frage.
„Welche Blutarten schlummern in deinem leckeren
Körper, Kleines?"
„Gegen wen hast du verloren?"
„Das Flämmchen Zidonia"
„Mensch-, Lindwurm-, Olgoi-, Nugri- und
Drachenblut. Und das des Mischwesens Damon."
„Wofür möchtest du die Wandlungssteine haben?"
„Wie alt bist du?"
Bei dieser Frage reißt die Sphinx ihre Augen auf.
„Dreitausendsechshundertundneunundachtzig
Jahre."
„Um die Gefangenen zu befreien."
„Wer hat dich hierhergebracht?"
„Wie stellst du die Wandlungssteine her?"

„Die Wandlungssteine sind meine Fäkalien."

„Zidonia hat mich festgenommen."

„Warum hat Zidonia dich festgenommen?"

„Hat Zidonia deine Scheiße mitgenommen?"

„Ja."

„Weil ich mich ihr entgegengestellt habe, als sie gerade den Stein benutzen wollte. Und vielleicht auch, weil ich die Feuerschüssel umgestoßen habe."

Die Sphinx beißt sich auf die Lippe. In Hinas Büchern wird dieses Wesen viel kälter und durchdachter dargestellt. Dass sie jetzt bereits zögert, ist sowohl ein gutes als auch ein schlechtes Zeichen. Auf jeden Fall ist sie dadurch unberechenbar.

„Woher hast du das Drachenblut?"

„Waren die Schrumpfköpfe einst deine Häppchen?"

„Ja."

„Von einem Drachen, den ich auf der Insel Vardra getroffen habe."

„Hast du ihn am Leben lassen?"

„Warum hast du die Köpfe übrig gelassen?"

„Damit ich nicht ganz alleine bin, natürlich."

„Ja."

„Er lebt noch?"

„Könntest du durch das Essen der Köpfe weitere Steine produzieren?"

Empörtes Raunen hallt durch den Raum.

„Nein. Da ist zu wenig dran."

„Ja."

Die Sphinx und Hina stellen sich weitere Fragen und geben sich weitere Antworten. Beide reden Schlag auf Schlag, um den jeweils anderen aus der Ruhe zu bringen. In der Hoffnung, dass einer einen Fehler macht.

„Hast du jemanden, der um dich trauert, wenn du das Spiel verlierst?"

Hina schweigt einen Moment. Sie möchte ehrlich antworten, doch sie kennt die Antwort darauf nicht. Ist Gil noch am Leben? Würde er überhaupt ihretwegen trauern? Was ist mit ihrer Mutter? Den Blick, den sie ihr zugeworfen hat, lässt Hina erneut schaudern. Sie zwingt sich zur Konzentration.

„Unter welchen Bedingungen musst du hier bleiben?"

Diese Frage beantwortet die Sphinx zähneknirschend.

„Ich kann erst gehen, wenn das Flämmchen ausgelöscht wird."

„Ich weiß nicht, ob jemand um mich trauern wird."

„Und wie lebt es sich mit dieser Erkenntnis?"

„Was würdest du mit deiner Freiheit tun?"

„Ich würde mich ausgiebig vollfressen."

„Ich komme zurecht."

„Du kommst zurecht?"

„Was ist dein Lieblingsessen?"

„Diese leckeren Katzen von Ayri."

„Ja, ich hatte schon schlimmeres hinter mir."

„Und was könnte schlimmer sein, als allein zu sterben?"

„Warum diese Katzen?"

Die Sphinx leckt sich genüsslich über den Mund.

„Die Katzen von Ayri sind elektrisch geladen. Jeder Biss fühlt sich an wie ein kleines Feuerwerk! Die Spannungen, die über die Zunge tanzen sind unglaublich aufregend! Warst du schon mal in der Luftstadt?"

Die Sphinx hält sich beide Pfoten vor ihren Mund. Entsetzt starrt sie Hina an.

„Die Befleckte hat gewonnen!"

„Die Befleckte hat gewonnen!"

Wie in einem Chor singen die Schrumpfköpfe.

Die Augen verengend, steht die Sphinx nun auf allen Vieren und faucht Hina an.

„Wie kannst du es wagen!"

„Sei nicht beleidigt. Ich habe fair gewonnen. Deine Freunde bezeugen das."

Mit einem Nicken deutet Hina auf die umherfliegenden Köpfe, die noch immer dasselbe

Lied singen. Widerwillig zieht sich die Sphinx zurück.

„Verschwinde! Sobald du das Flämmchen ausgeblasen hast, komme ich wieder und finde dich!"

Hina nickt und eilt seitwärts in die Richtung, aus der sie gekommen war. Sie wagt es nicht, der übergroßen Katze den Rücken zuzukehren. Bei der Tür angekommen, sieht sie noch immer ihre kalten Augen, die sie fixieren. Hastig öffnet Hina die Metalltür und verschließt sie mit einem Knall hinter sich.

Ihre wackeligen Knie lassen nach und sie sinkt zu Boden. Erst jetzt spürt sie den Schweiß an ihrem Körper. Um wieder zur Ruhe zu kommen, schließt sie die Augen und atmet tief ein und aus.

Sie hat das Spiel der Sphinx gewonnen. Mit einem flauen Gefühl im Magen erinnert sie sich an ihre Abschiedsworte. Wenn Zidonia stirbt, wird die Sphinx sie jagen.

Ein Seufzer kommt ihr über die Lippen.

„Als hätte ich nicht schon genug anderen Scheiß, um den ich mich kümmern muss. Hilft wohl alles nichts, zuerst muss ich sichergehen, dass Gil und die anderen überlebt haben. Dann muss ich meine Mutter zur Rede stellen. Und dann kümmere ich mich um diesen Rorick."

Die Erinnerung an den aufgezwungenen Kuss lässt ihren Puls in die Höhe schlagen. Mit festem Schritt geht sie zur gegenüberliegenden Tür. In der Mitte des Zimmers hält sie nochmals an und fasst sich an die Stirn.

„Ich Holzkopf. Das hier ist Zidonias Zimmer. Wenn ich schon mal hier bin, sollte ich mich unbedingt umschauen."

Sie sieht sich das Bett genauer an. Abgesehen von den feinen Malereien, die den Lehm zieren, kann sie nichts Spannendes entdecken. Gegenüber liegen die die zerrissene Decke und die Ketten und, die sie vor der Begegnung mit der Sphinx festgehalten haben. Die Ketten sind an der Wand befestigt und hängen lasch bis auf den Boden. Kein Regal, kein Tisch oder sonstige Behälter. Nur die Kristalle, die rötlich vor sich hin schimmern. Genervt wendet sich Hina zum Ausgang.

„Kein Wunder, dass die Bibliothek zu Hause bis auf die Mauern abgebrannt ist. Diese Ratte kann vermutlich weder lesen noch schreiben."

Sie hält den Türgriff fest und wappnet sich für alles, was ihr draußen über den Weg laufen könnte.

Langsam öffnet sie die Tür.

Hina schaut in einen großen runden Flur. Vier Türen sind aneinander gereiht und gegenüber führt eine breite und elegante Steintreppe hinauf. Kleine Kristalle erhellen die Treppe mit dämmerigem Licht. Blinzelnd sieht sie ihre Mutter die Stufen hinuntersteigen, das Gesicht tränenverschmiert. Für alles wäre Hina bereit gewesen. Nur nicht für dieses zufällige Treffen mit ihrer Mutter. Sie räuspert sich und geht auf sie zu.

„Mam, wir müssen reden."

Als Helena das Räuspern und die Stimme ihrer Tochter hört, eilt sie die Treppe hinunter. Hina versucht ihr den Weg zu versperren und tritt ihr entgegen.

„Mam! Bitte. Ich muss dir so viel erzählen und-"

„Ich will das nicht hören!"

Die Worte treffen Hina wie ein Messer in den Bauch. Davon hatte sie schon so viele, dass sie den Schmerz einfach wegblinzelt.

„NEIN! DU HÖRST MIR JETZT GEFÄLLIGST ZU!"

Kräftiger als beabsichtigt packt Hina sie am Arm und steht ihr nun gegenüber. Geschockt über die Kraft ihrer Tochter, starrt Helena sie an. Dann verwandelt sich ihr ängstlicher Blick in Sorge. Hina lässt sie los und blickt auf den Boden.

„E-entschuldige. Ich wollte dir nicht wehtun."

In Helena wird eine Stimme im Kopf immer lauter.

Sei eine gute Mutter und nimm dein Kind in die Arme.

Stur schüttelt Helena ihren Kopf.

Siehst du nicht, wie deine Tochter sich nach deiner Nähe sehnt? Sie will doch hier sein. Hier an deiner Seite. Und an meiner …

Mit beiden Händen hält sich Helena die Ohren zu und versucht mit zusammengekniffenen Augen, die Stimme aus dem Kopf zu verbannen.

„Nein, nein, nein … Lass sie in Ruhe! Du hast doch mich! Du kannst nicht auch noch sie haben!"

Hina sieht zu, wie sich Helena windet und tritt zwei Schritte zurück. Auf einen Schlag wird ihr bewusst, dass das Feuerwesen zu ihr redet. Und dass ihre Mutter sie versucht zu schützen.

„Mam …"

„WAS TUST DU NOCH HIER! VERSCHWINDE ENDLICH!"

Nachdem Helena das geschrien hat, fängt ihre Haut an zu brennen. Sie sinkt in die Knie und hält noch immer ihren Kopf fest.

„Mutter! Was-"

„FASS MICH NICHT AN UND LAUF!"

Die Zeit scheint für Hina stillzustehen, während sie ihrer Mutter zusieht, wie sie am lebendigen Leib verbrennt. Ihre Kleider verbrennen zu Asche und Brandblasen bilden sich an ihrem ganzen Körper. Sie will ihr helfen, weiß aber nicht, wie. Verzweifelt sieht sie sich nach Wasser um oder sonst etwas, das sie benutzen kann. Helenas Schreie und das

Wimmern lassen Hina verzweifeln, bis ihr etwas in den Sinn kommt. So schnell sie ihre Beine tragen, rennt sie zu Zidonias Zimmer und holt die Asbestdecken. Hastig legt Hina ihr die Decke auf ihren Körper und versucht, das Feuer zu löschen. Sie kämpft verzweifelt, um die lodernden Flammen zu ersticken, doch stattdessen scheinen sie nur wilder zu tanzen, als würden sie sich über ihre Bemühungen lustig machen. Helenas Schreie weichen einem verzweifelten Flüstern.

„Er darf dich nicht bekommen … Lauf und … sorg dafür, dass er dich nicht bekommt, Prinzessin …"

Langsam geht Hina einige Schritte rückwärts, sie will ihre Mutter so nicht zurücklassen. Mit sich ringend, tritt Hina die Treppenstufen mehrmals hoch und runter. Bevor sie sich zusammenreißt und den Blick von ihrer Mutter abwendet. Mit tränenüberströmtem Gesicht rennt sie die Treppe hoch.

Auf der obersten Stufe angekommen, entdeckt Hina eine Versammlung von Pyroniden. Sie tummeln sich vor einer verschlossenen Tür. Leise nimmt sie einen leeren Flur, um den Wesen auszuweichen. Trotz der Tränen versucht sie sich auf ihre Umgebung zu konzentrieren. Ohne auf jemanden zu treffen, stolpert sie das Labyrinth entlang. In einem ruhigen Zwischengang, der für ihr Gefühl weit genug von der Pyronidenansammlung entfernt ist, setzt sie sich hin. Den Rücken an die Wand gelehnt, sieht sie nach oben.

„Sie ist nicht freiwillig ein Hüter."

Ihr Herz wird durch diese Erkenntnis um einiges leichter. Auch wenn der Anblick der nicht löschbaren Flammen und die Brandblasen auf der Haut ihrer Mutter ihr Inneres zerreißen.

Schluchzend wischt sie ihre Tränen aus dem Gesicht.

„Es ist ein Wunder, dass ich überhaupt noch weinen kann."

Frustriert über sich selbst, verändert sie ihre Haltung so, dass sie im Schneidersitz hockt, wobei sie ihre Ellbogen auf die Knie stützt. Mit beiden Händen massiert sie ihre Schläfen.

„Also. Vermutlich sind Gil und die anderen hinter dieser Tür, die von den Drecksmäusen bewacht wird. Und der Grund, weshalb sie den Raum bisher nicht gestürmt haben, ist vermutlich, dass es sich dabei um ein Schwefellager handelt. Wenn ich wüsste, wie lange ich bewusstlos gewesen bin, könnte ich abschätzen, wie viel Zeit ihnen noch bleibt, bis sie verdursten oder verhungern."

Genervt schüttelt sie den Kopf.

„Was rede ich denn da! Gil ist bei ihnen. Der sorgt schon dafür, dass ihnen nichts passiert. Dann brauche ich noch einen Weg, um an den Dingern vorbeizukommen. Oder generell einen Weg nach draußen. Wie könnten wir fliehen? Und noch viel wichtiger, wohin?"

Seufzend streicht sie ihre fettigen Haare nach hinten.

„Eins nach dem anderen. Konzentriere dich, Hina. Was kannst du gegen die Pyroniden ausrichten?"

Sie denkt an die Situation mit dem Wandlungsstein zurück.

„Als ich gegen Demitri gekämpft habe, hatte ich für kurze Zeit dasselbe Gefühl."

Mit geschlossenen Augen versucht sie, das Gefühl in ihr wieder ans Licht zu bringen, sämtliche Emotionen in ihr zu verdrängen und sich auf das Wichtige zu konzentrieren. Verschiedene Energien, oder sind es Gefühle? Hina entscheidet sich dafür, eine bekannte Kraft, die eines Olgois, bewusst zu fokussieren. Das Gefühl, wie ihre Muskeln an Kraft gewinnen, ist nicht direkt neu, es fühlt sich in dem Moment komisch und beinahe kitzelig an. Neugierig öffnet sie die Augen einen Spalt weit und erkennt einen grünen Schimmer auf ihrer Haut. Vor Schreck lässt sie das Gefühl los und sowohl die Kraft als auch der grüne Schimmer verschwinden augenblicklich.

„Das war neu. Wenn ich das richtig verstehe, hole ich die gesamte Kraft erst dann aus mir heraus, wenn ich mich uneingeschränkt darauf konzentriere. Gut, dann wollen wir doch mal den Drachen wecken."

Selbstsicher steht sie auf und versucht sich auf das Blut des Drachen zu fokussieren. Ein Schmerz durchzuckt ihren Rücken, als sie es in ihrem Inneren gefunden hat. Ihre Schulterblätter drücken durch die Haut. Der darauffolgende Schmerz ist enorm, weshalb sie das Gefühl wieder loslässt. Erschöpft stützt sie sich an der Wand ab.

„Geniale Idee, Hina. Fang doch gleich mit dem Größten an. Es ist ja nicht so, als wärst du auf feindlichem Boden."

Sie gibt sich einige Zeit, um wieder zu Atem zu kommen.

„Und wenn ich nicht endlich damit aufhöre, mit mir selbst zu reden, werde ich noch verrückt."

Hina verpasst sich selbst einen kleinen Schlag auf den Hinterkopf.

„Ich brauche Hilfe."

Vor sich her murmelnd folgt sie den Tunneln, um zu den Verarbeitungskammern zu kommen.

DER NÄCHSTE ZUG

Anhand der Beschriftungen in den Tunneln findet
Hina die Sammelhöhle. Und dort befindet sich
Kiran, der mit fuchtelnden Händen auf und ab geht.
„Hallo, Kiran."
Mit verschränkten Armen lehnt sich Hina an den
Eingang der Höhle. Als er ihre Stimme hört, stolpert
er rückwärts und wirft den wackeligen Tisch um.
Die Mineralien, die darauf lagen, werden wild auf
dem Boden verstreut.
„Was willst du?"
„Du brauchst keine Angst vor mir zu haben."
„Jetzt bin ich dran, du bist hier, um mich ins
Verderben zu stürzen. Gib's ruhig zu!"
Seufzend massiert Hina ihre Augenbrauen.
„Nein, Kiran. Ich brauche deine Hilfe."
„Ich habe es gewusst, jetzt ist – was?"
Er hat einen Moment gebraucht, bis er ihre Worte
verstanden hatte. Mit aufgerissenen Augen starrt er
sie an.

„Du hast gerade Elysia und Rhea getötet! Und deinen Freund gleich mit! Weshalb du überhaupt noch am Leben bist, kann ich mir nicht erklären, aber es ist doch eindeutig, dass du nur Ärger bedeutest!"

„Sie sind nicht tot."

„Haben sie dir das gesagt?"

„Nein, aber-"

„Wenn sie nicht reden können, sind sie offensichtlich tot!"

„Kiran-"

Er tigert wieder auf und ab, während seine Arme noch heftiger in der Luft umherfuchteln.

„Nein! Ich werde nicht zuhören! Ich weiß nicht, was du bist, und ich will es auch gar nicht wissen! Aber ich werde mich bestimmt nicht-"

Mit einer Hand hat sie ihm an seinem Arm gepackt und drückt ihn an die Wand. Mit der anderen hält sie seinen Mund zu.

„Ich weiß, dass sie nicht tot sind, weil Gil eher alles in die Luft sprengen würde als zu sterben. Abgesehen davon, halten Dutzende von den Pyroniden vor einem Schwefellager Wache. Wenn sie tot währen, würden sie vermutlich nicht nur herumstehen und ihre Krallen polieren."

In seinen Augen erkennt Hina, dass er ihre Worte verstanden und realisiert hat. Langsam lässt sie ihn los, woraufhin er einigen Abstand von ihr nimmt.

„Ich werde dir nicht helfen."

„Weil du Angst hast?"

„Du bist doch schlimmer als alle Pyroniden zusammen! Bevor ihr aufgetaucht seid, war das Leben zwar anstrengend, aber wir hatten unsere Ruhe. Und erst seit Rorick euch hierher gebracht hat, ist niemand mehr sicher!"

Bei Roricks Namen zuckt Hina zusammen.

„Stimmt. Der Bastard hat uns ja selbst hierhergeführt."

Sie stützt beide Arme in ihre Hüfte.

„Du gibst also mir die Schuld dafür, dass du jetzt vor den flammenden Nagern Angst haben musst?"

Sein Blick spricht Bände.

„Gut. Tu das. Es stört mich nicht, was du über mich denkst. Es stört mich auch nicht, wenn du mich beschimpfst oder schlägst. Vermutlich kannst du ohnehin nichts ausrichten."

Sie zuckt mit den Schultern und wendet ihm den Rücken zu.

Hinas Worte haben ihren Zweck erfüllt, denn Kiran reißt fast im selben Augenblick, in dem sie sich von ihm abwendet, den umgestoßenen Tisch hoch und zerschlägt ihn auf ihrem Kopf.

„Au!"

Überrascht sieht sie ihn an und reibt sich die Stelle, die der Tisch getroffen hat. Hastig springt Kiran ans andere Ende der Höhle, zwei Tischbeine und die daran hängende, halbe Tischplatte noch in der Hand.

„In Ordnung, es stört mich doch, wenn du mich schlägst."

Kirans Atem geht stoßweise und er wendet seine aufgerissenen Augen nicht eine Sekunde von ihr ab.

„Ich werde dir nicht helfen!"

„Ist ja gut. Ich habe es ja kapiert."

Mit einem tiefen Seufzen setzt sie sich auf den Boden und sieht ihn beinahe mitleidig an.

„Weißt du, wer mir helfen könnte? Alleine komme ich nämlich nicht an den Pyroniden vorbei. Und selbst wenn, wüsste ich auch gar nicht, wohin wir fliehen sollten."

„Ich kenne niemanden, der so dumm ist, sich mit den Pyroniden anzulegen."

„Schwachsinn. Elysia ist so dumm. Aber zu ihr komme ich gerade nicht."

„Und wessen Schuld ist das?"

„Die meine, jaja, ich weiß schon."

Kiran beruhigt sich ein wenig. Seine improvisierte Waffe noch immer in der Hand haltend, geht er drei Schritte auf sie zu.

„Dann kannst du ja jetzt gehen. Ich will nicht mit dir zusammen gesehen werden."

Ihr wirres Kichern lässt ihn wieder zurückweichen.

„Weißt du, was mir gerade in den Sinn kommt?"

Er schüttelt den Kopf, bereit sein Leben mit allem zu beschützen, was er hat.

„Ich bin genau wie meine Mutter. Sie hat sich zur Hüterin machen lassen, um andere zu schützen. Und als ich mit ihr reden wollte, hat sie sich lieber verbrennen lassen, als dem Druck des Feuerwesens nachzugeben."

Hina richtet ihren Blick auf Kiran.

„Von hier aus könnte ich den Weg zur Oberfläche problemlos finden. Ich könnte mich davonmachen. Mit dem Schiff zurück nach Vardra fahren und dort den Rest meines Lebens verbringen."

Erneut kommt ein tiefer Seufzer über ihre Lippen.

„Aber so bin ich nicht. Gil verlässt sich auf mich. Und ja, du hast recht. Ich hätte diesen Damon nicht so einfach erledigen sollen. Aber so bin ich nun einmal. Übermütig und mittlerweile bestimmt auch verrückt. Das muss an den vielen Blutarten in mir liegen."

Langsam legt er den Tisch auf den Boden.

„Von wie vielen Blutarten sprechen wir?"

„Mittlerweile? Sechs."

„Sechs?"

„Japs, ganze sechs. Wobei Damons Blut nicht beabsichtigt und eher ein Unfall war."

Kiran fasst sich an die Stirn und redet mehr zu sich selbst als zu ihr.

„Das ist unmöglich! Es ist schon eine absolute Seltenheit, wenn jemand überhaupt eine Verbindung mit einer anderen Blutart überlebt. Wie … wie hast du das gemacht?"

Hina zuckt mit den Schultern.

„Ich habe nichts speziell gemacht in diesem Sinn. Es funktioniert einfach. Aber es löst enorme Schmerzen in mir aus."

„Als ich dich nach dem Kampf mit Damon zurückgeführt habe …"

„Hat mein Körper mit seinem Blut gekämpft. Nicht mit seinem Gift. Der Lindwurm sorgt dafür, dass ich nicht sehr anfällig für Gift bin."

„Was zur Hölle ist ein Lindwurm?"

„Das sind Würmer, die sich durch sandigen Boden bewegen und sich so ihrer Beute nähern. Die haben ein irres Tempo."

Kiran starrt Hina weiter an. Sie kann seinen Blick mittlerweile nicht mehr richtig deuten. Ist es Neugier? Oder Abscheu? Sie lässt die Schultern hängen und steht langsam auf.

„Da du mir nicht helfen willst, kannst du mir wenigstens sagen, wo ich die Stollenarbeiter finde?"

„Die Mischwesen? Was willst du-"

Sie schenkt ihm ein Lächeln.

„Ich habe keine Ahnung. Aber ich werde bestimmt nicht warten, bis Zidonia ihren ersten Zug macht."

TIEF IM STOLLEN

Kiran führt Hina durch verschiedene Tunnel. Je
weiter sie kommen, desto bläulicher werden die
Kristalle und das Licht wird kälter.

„Bilde dir ja nichts darauf ein. Ich helfe dir nicht.
Aber ich kann dich schlecht hier im Labyrinth
umherirren lassen."

Hina spürt seine schlechte Laune und muss an Gil
denken. Mit Mühe unterdrückt sie ihr Grinsen.

„Und an deiner Stelle würde ich mir schon einmal
überlegen, was du sagst. Denn die Mischwesen
waren alle Damon unterstellt."

„Meinst du, sie sind wütend auf mich?"

Diese Frage lässt Kiran zögern.

„Möglich. Ich habe mit denen nicht sonderlich viel
zu tun."

„Warum nicht?"

„Weil wir Menschen lieber unter uns sind."

„Aber die Mischwesen waren doch auch Menschen,
oder nicht?"

Es ist offensichtlich, dass ihm diese Frage unangenehm ist.

„Sie sehen anders aus als wir, haben andere Fähigkeiten. Abgesehen davon, wollen sie auch nichts mit uns zu tun haben."

„Hmm … verstehe."

In der Ferne hören sie, wie Metall auf Stein schlägt.

„Wir sind gleich da. Wie schon gesagt, ich werde dir nicht helfen, sie zu überzeugen – für was auch immer du wieder anstellen willst."

Lächelnd legt sie ihm eine Hand auf die Schulter, was ihn zusammenzucken lässt. Hina ignoriert seine ängstliche Reaktion.

„Das ist schon in Ordnung. Wartest du hier? Oder gehst du wieder zurück?"

Mit verschränkten Armen weicht er ihrem Blick aus.

„Als würde ich mir entgehen lassen, wie sie dich fertigmachen. Ich komme natürlich mit."

Kichernd geht Hina voran.

„Natürlich."

Eine Biegung trennt sie noch von den Stollenarbeitern. Als sie näher kommen, hört das rhythmische Hämmern auf. Das fehlende Geräusch lässt Kiran spürbar nervös werden.

Sobald sie die Biegung erreicht haben, sehen sie, dass die Arbeiter sie bereits erwarten. Mit erhobenen Spitzhacken, aufgestellten Ohren und unfreundlichen Gesichtern stehen sie ihnen gegenüber.

Erneut muss Hina seufzen.

„Langsam gewöhne ich mich an diese Feindseligkeit. Das kann doch nicht gesund sein, oder?"

Fragend wendet sie sich an Kiran, der bereits einige Schritte zurückgewichen ist und Hina ungläubig ansieht.

Ein Minotauer tritt hervor, seine Hufen geben dabei einen bedrohlichen Ton von sich.

„Ich bin Thorin. Ich spreche für uns alle. Was wollt ihr?"

„Mein Name ist Hina. Ich gehöre zu den Rebellen, die Damon getötet haben."

Sie ignoriert Kirans Meckern und lächelt den Minotauer, der sie um zwei Köpfe überragt, freundlich an. Dessen Augen verengen sich.

„Ich frage ein letztes Mal. Was wollt ihr von uns?"

Seine Kameraden machen sich bereit, anzugreifen. Darunter sind verschiedenste Kombinationen vertreten. Mischungen mit Bären, Pferden, Ziegen, Hunden, Salamandern, Affen, Vögeln und Schildkröten. Alle sind verschmiert mit Dreck. Hinter ihnen stehen die Metallcontainer, die sie schon vorher gesehen hat.

„Ich möchte, dass ihr mir helft, die Gefangenen zu befreien und von hier zu verschwinden."

Thorin zieht eine Augenbraue in die Höhe. Er weiß nicht, womit er gerechnet hat, jedenfalls nicht damit.

„Damit wir für euch sterben?"

Der Moment der Verwirrung unter den Mischwesen weicht wieder der Wut.

„Ich habe nicht vor, jemanden zu opfern. Also werdet ihr alle mitkommen."

„Und wohin? Reicht es nicht, dass wir hier unten bereits die Ausgestoßenen sind?"

„Ausgestoßenen? Kiran, meintest du nicht, dass sie nichts mit euch zu tun haben wollen?"

Ehrlich neugierig blickt sie zu ihrem Begleiter, der sich am liebsten im Boden vergraben würde.

„Ich … nun … wir dachten, dass…"

Thorin bringt ihn mit einer rüden Geste zum Schweigen.

„Es spielt keine Rolle, was der denkt. Wir riskieren unser Leben doch nicht, nur weil ein dahergelaufener Mensch uns darum bittet."

Mit diesen Worten dreht er sich wieder um und seine Gefolgschaft tut es ihm gleich. Das regelmäßige Hämmern schallt wieder durch die Tunnel. Hina ist aufgefallen, wie der Minotauer das Wort Mensch ausgesprochen hat. Das kommt ihr unangenehm bekannt vor.

„Ihr seid doch auch Menschen."

Thorin sieht sie wütend an und lässt seine Hacke fallen. Bedrohlich schreitet er auf sie zu.

„Du hast doch Augen im Kopf, also benutze sie gefälligst! Du siehst doch, dass wir *keine* Menschen mehr sind! Also verarsch uns nicht."

Hina legt ihren Kopf schief.

„So wie ich das sehe, seid ihr menschlicher, als ich es je wieder sein könnte."

Während es Thorin die Sprache verschlägt, holt Hina tief Luft, bevor sie weiter spricht.

„Ängstlich und darauf bedacht, den eigenen Arsch zu retten."

Das Gesicht des Minotauren zeichnet seine Gefühle wieder wie ein offenes Buch. Empörung und Wut verzerren seine Züge. Hina lässt sich davon nicht beirren.

„Das ist nichts Schlimmes. Im Gegenteil. Das zeigt doch nur, wie sehr ihr eurem Wesen treu geblieben seid."

Ein Mischwesen, Pferdehintern mit einem Bärenoberkörper, kommt auf allen Vieren auf Hina zu getrottet.

„Wie konnte ein mickriges Ding wie du Damon etwas entgegensetzen? Das warst doch nie im Leben du!"

Wissend lächelt Hina das flauschige Gesicht an.

„Das könnte ich euch sagen, oder ich zeige es einfach."

Nun kommen die anderen Mischwesen wieder näher und starren Hina neugierig an.

Mit geschlossenen Augen konzentriert sie sich auf das Olgoiblut. Leider muss Hina feststellen, dass es ihr schwerer fällt, wenn so viele Augen auf sie gerichtet sind. Und es dauert um einiges länger. Gerade als einige der Arbeiter sich kopfschüttelnd abwenden, holt Thorin erschrocken Luft, was die Aufmerksamkeit der anderen wieder auf sie zieht. Hinas Haut bekommt einen glänzenden Schimmer und ihre Muskeln, ihr ganzer Körperbau, wird größer und breiter. Als sie die Augen wieder öffnet, versetzt sich ihr Körper zurück in ihre normale Form. Verlegen kratzt sie sich am Kopf.

„Ich kann meine Blutarten bisher nicht aktiv kontrollieren, aber ich benutze sie instinktiv. Und das reicht meiner Meinung nach für die Pyroniden. Und eigentlich habe ich auch nicht vor, wirklich zu kämpfen. Das würde zu lange dauern und zu viele Opfer mit sich bringen – auf beiden Seiten."

Das Versprechen, welches sie Gil in der verbrannten Bibliothek gegeben hat, kommt ihr wieder in den Sinn.

Damit das aber funktioniert, musst du mir versprechen,
dass du nicht wieder eine ganze Stadt auslöschst. Ich halte
nicht sehr viel von Mördern.

Auch wenn diese Pyroniden alles andere als
freundlich sind, vielleicht gibt es auch unter ihnen
gute Wesen. Und wenn es sich vermeiden lässt,
möchte sie so wenig Opfer wie möglich verursachen.
Thorin sieht sie lange an, bevor er sich zu seinen
Kameraden umdreht und jedem Einzelnen zunickt.
„Also gut, was ist der Plan?"

GEFÜHLE

Elysia streckt Gil einen Dreckklumpen entgegen. Mit
hochgezogener Augenbraue sieht er sie an.
„Und was genau hast du gefunden?"
„Siehst du *es* denn nicht? Warte."
Sie spuckt auf ihren Ärmel und putzt den Dreck
weg. Zum Vorschein kommt ein silberner Kreis, der
zweimal so groß ist wie seine Handfläche. Das
eingravierte Auge am oberen Rand blickt auf die
gezeichneten Wellen. Das Emblem des
Wasserwesens. Gil nimmt es Elysia aus der Hand
und streicht über die Gravuren. Mit einer
Andeutung eines Lächelns wuschelt Gil durch ihren
Lockenkopf.
„Gut gemacht."
Daraufhin kichert sie stolz. Er dreht sich zu Rhea
um, die den beiden neugierig zugesehen hat. Gil
setzt sich neben sie und holt das Glas mit Damons
getrocknetem Blut hervor. Ungeschickt hält er das
Emblem an das Glas. Doch nichts passiert. Fragend
sieht er zu Rhea.

„Ich weiß, dass es Wasser herzaubern kann. Aber ich
weiß nicht, wie."

Sanft nimmt sie ihm die zwei Dinge aus der Hand.
Das Emblem legt sie auf den Boden und das Glas
stellt sie auf die Wellen. Das Auge säubert sie mit
einem Stofffetzen noch etwas gründlicher.Wie von
Zauberhand füllt sich das Glas mit Wasser. Die
umstehenden Personen trauen kaum ihren Augen.
Gil drückt kurz Rheas Schulter.

„Danke."

Ein roter Schimmer glänzt auf ihren Wangen. Sie
konzentriert sich schnell darauf, das Glas vom Blut
zu reinigen. Als es sauber ist, verteilt sie das Wasser
und benutzt es auch, um die Wunden zu waschen.
Gil wendet sich wieder an Elysia, die nur so vor
Tatkraft strotzt.

„Würdest du den Weg zu den anderen Stollen
finden?"

„*Natürlich!* Wir können mit deinem Schwert das
Gestein lockern und dann mit den *Händen* graben. In
der unmittelbaren Umgebung sind noch *zwei* weitere
Schwefelstollen. Wenn wir sie verbinden, wird die
Wucht der *Explosion* größer!"

Mit jedem Wort, das sie spricht, gewinnen ihre
Augen mehr an Glanz. Die anderen hingegen sind
alles andere als begeistert.

„Kennst du auch den Weg zur Waffenkammer?"

„Ja *natürlich*. Aber unter uns sind nicht sehr viele, die kämpfen *könnten.*"

Skeptisch sieht sie in die Runde.

„Die Waffen sind nicht für uns, sondern für Hina."

„Hina? Aber sie wurde doch *gefangengenommen!*"

Sein Gesicht fühlt sich ungewohnt an, denn seit einer Ewigkeit hat er nicht mehr so gegrinst.

„Als ob sie das aufhalten würde."

Verunsichert von seiner Reaktion nickt Elysia langsam. Gil dreht sich zu den anderen.

„Also der Plan sieht folgendermaßen aus: Wir graben uns so schnell wir können den Weg zu einem weiteren Schwefellager und zur Waffenkammer. Zuerst werden wir hier in der Wand noch kleine Luftlöcher machen, damit wir nicht ersticken."

Mit seiner Schwertspitze zeigt er neben die Tür.

Der Schmiedsohn erhebt das Wort.

„Und warum genau müssen wir uns beeilen? Wir werden doch ohnehin verhungern. Oder diese brennenden Mäuse sprengen uns in die Luft. Da können wir genauso gut auch nichts tun."

Gil überlegt einen Moment, ob er ihm drohen oder Mut zusprechen soll. Er entscheidet sich für keines von beiden.

„Willst du sterben?"

„Nein, natürlich nicht, aber-"

„Ich auch nicht. Hier drin ist zu viel Schwefel, als dass die Pyroniden uns tatsächlich gefährlich werden könnten. Auch wenn sie uns hören, und das werden sie ganz sicher, werden die Pyroniden uns nicht aufhalten. Und bevor ich untätig sterbe, werde ich meine ganze Kraft aufwenden, um hier lebend herauszukommen. Denn im Gegensatz zu dir habe ich bis jetzt nicht aufgegeben."

Eine Frau, die Gil von den Marktständen kennt, meldet sich ebenfalls zu Wort.

„Du hast gesagt, dass du Hina eine Waffe besorgen willst. Du meinst doch nicht den Bücherwurm?"

Andere Stimmen werden laut.

„Der Bücherwurm? Die kann doch nicht mal geradeaus laufen, ohne zu stolpern."

„Die soll uns retten? Ist sie nicht tot?"

„Wo ist eigentlich deine Schwester? Wie hieß sie? Sora?"

„Was soll das alles, das bringt doch nichts."

Gil hört ihnen zu und ballt die Fäuste. Bevor er etwas sagen kann, steht Rhea auf und schüttet ihm ein Glas Wasser ins Gesicht. Auf einen Schlag kehrt Ruhe ein.

„Entschuldige, Gil, ich dachte, ich kühle dich etwas ab. Wir wollen doch nicht, dass du aus Versehen jemanden erwürgst."

In einer Selbstverständlichkeit nimmt sie ihm das Schwert aus der Hand und stellt sich vor eine Wand. Alle Augen sind auf sie gerichtet.

„Sag mal, Elysia, sollen wir hier anfangen zu graben?"

Ihre Freundin sieht sie mit großen Augen an und nickt langsam. Rhea holt aus, sticht in die Wand, um die weiche Erde freizubekommen. Sobald sie eine größere Fläche befreit hat, wirft sie Gil das Schwert wieder zu.

„Elysia und ich fangen hier an. Sorg du dafür, dass uns nicht die Luft ausgeht."

Schon wieder überkommt ihn das ungewöhnliche Gefühl. Nickend macht er sich daran, neben der Tür ein kleines Loch zu stechen.

Der Schmiedsohn packt Rhea an der Schulter.

„Was soll das? Wir haben doch gerade beschlossen, dass es nichts bringt."

Abschätzig schlägt sie seine Hand weg.

„Fass mich nicht an! Abgesehen davon kann es dir doch egal sein, was wir machen. Wenn du sterben willst, bitte. Ich bin mir sicher, dass Gil dir liebend gern die Kehle aufschlitzt, wenn du ihn darum bittest."

Sie dreht sich wieder zur Wand und gräbt weiter.

„Und Wasser gibt es nur für die, die auch arbeiten. Da alle anderen ohnehin sterben wollen. Dann müssen wir ja nichts künstlich in die Länge ziehen." Die ehemaligen Bewohner von Xyr sehen sich an und machen sich dann daran, mit ihren Händen die Wand weiter aufzureißen und zu graben. Gil sieht zu Rhea, die ihm zuzwinkert.

Das ungewohnte Gefühl in seiner Brust wird stärker.

SIE SOLLEN BRENNEN!

Eine Schwarze Witwe, ein Männchen mit dunklen Schmetterlingsflügeln, surrt so schnell sie kann die Tunnel entlang. Die winzigen Schweißperlen sprühen in der Luft. Mehrmals stößt die kleine Spinne auf der Suche nach seiner Herrin beinahe mit anderen Pyroniden zusammen.

Vor einiger Zeit wurde ihm ein Bein ausgerissen und es ist nur mit knapper Not davongekommen. Es muss die Neuigkeiten seiner Herrin überbringen. Auch wenn es damit direkt in seinen Tod fliegt. Denn Zidonia ist nicht unbedingt dafür bekannt, Gnade zu zeigen.

Helena sitzt mit verbrannter und eitriger Haut auf dem Boden und hält sich die Arme. Von ihrer silbernen Haarpracht ist nichts mehr übrig. Stattdessen ist ihre Kopfhaut mit Brandblasen übersäht. Zidonia spaziert unheilvoll um sie herum. Wissend, dass die Wärme, die von ihrem brennenden Fell ausgeht, ihr Schmerzen zufügt. Der dritte Hüter hat ihnen den Rücken zugedreht und steht stocksteif da. Er will sich das Ganze nicht ansehen. Rorick sitzt auf der Treppe und beobachtet hingegen das Häufchen Elend genau. Seine Hände hat er unter dem Kin zusammengefaltet. Seitdem das Wesen des Feuers Helena für ihren Ungehorsam bestraft hat, konnte sie sich keinen Millimeter bewegen. Die anderen Hüter wurden herbeordert, um sich ein Urteil für die neue, vierte Hüterin zu überlegen. Mit ihrer schrillen Stimme keift Zidonia erneut Helena an.

„Was hast du dir nur dabei gedacht? Unser Meister war so großzügig, EINE BEFLECKTE zu einem von uns zu machen, DICH mit seinem Geschenk zu segnen. Und du wirfst es einfach weg. Und wofür? Wie hast du sie genannt? Ach ja, EIN MONSTER!"
Helena zuckt jedes Mal zusammen, wenn Zidonia ihre Stimme erhebt.
Roricks Stimme erklingt dagegen leise. Aber nicht weniger bedrohlich.

„Du wusstest also nicht, dass deine Tochter noch lebt? Und das sie die Person war, die unser Meister unbedingt wollte?"

Helena schüttelt den Kopf, ihre Augen auf den Boden vor ihren Füßen gerichtet.

„DAS SOLLEN WIR DIR GLAUBEN?"

Zidonia packt sie am Hals. Dadurch platzt eine der Blasen auf und sie zieht ihre Kralle angeekelt wieder zurück. Helena ist nicht mehr in der Lage, zu schreien. Ihre Stimmbänder fühlen sich an, als wären sie zerrissen. Rorick wendet sich an den dritten Hüter, der dem Ganzen noch immer den Rücken zugewendet hat.

„Was meinst du, Meister Halsin? Was haben die Griffis denn so für Strafen?"

Bevor er antworten kann, fährt Zidonia Rorick an.

„Was interessieren mich diese verfluchten Pflanzendinger? Ich sage, wir lassen sie brennen!"

„Und genau deswegen mag dich keiner, Zidonia. Du bist viel zu engstirnig."

Seine ruhige Antwort provoziert sie und es kostet sie einiges an Beherrschung, um ihm nicht an die Kehle zu springen.

„Also Meister Halsin. Wie würden die Griffis in so einem Fall vorgehen?"

Der Griffi, der einer großen Eiche ähnelt, wendet sein Gesicht zur Treppe. Er möchte verhindern,

Helena zu sehen. Seine tiefe grollende Stimme hallt im untersten Teil von Purgator wieder.

„Die Höchststrafe im Land Flores ist die Verbannung."

Als er fertig gesprochen hat, dreht er sich wieder um.

„Verbannung also."

Roricks Blick gleitet über Helena zu Zidonia und wieder zu Helena. Dann seufzt er theatralisch und lehnt sich zurück.

„Das klingt gut. Verbannen wir sie."

„*Was?*"

„Du hast mich gehört."

„Aber-"

„Als ich das letzte Mal nachgesehen habe, war immer noch ich der erste Hüter. Oder hat sich daran etwas geändert?"

Zidonias Fell sträubt sich, wodurch ihre Flammen doppelt so groß werden.

„DU WILLST SIE WIEDER AN DIE OBERFLÄCHE LASSEN? WIR SOLLTEN SIE QUÄLEN UND DANN AN DIE SPHINX VERFÜTTERN!"

Rorick will gerade etwas erwidern, als er das Summen der Schwarzen Witwe wahrnimmt.

Neugierig sieht er dem kleinen Spion nach. Völlig außer Atem landet es mit einem kleinen Sicherheitsabstand vor Zidonia auf dem Boden.

„Ich hoffe für dich, dass du gute Neuigkeiten hast
…"

Zidonias bedrohlichen Unterton lässt das kleine
Mischwesen zuerst zögern. Doch dann plappert es
mit einer hohen Stimme drauflos.

„Sie versammeln sich! Die Mischwesen und die
andere Fremde! Sie fordern dich heraus und greifen
in einer Stunde das Podest an. Sie sagte, wenn sie
dich dann nicht vorfindet, zerstört sie die goldene
Schüssel."

Mit all seinen verbliebenen sechs Beinchen hält es
sich die Augen zu. Es hofft, dass Zidonia es nicht
zertritt oder verbrennt.

„Sie wagen es …"

Während Zidonias Flammen noch mehr an Hitze
und Größe gewinnen, fängt Rorick an zu lachen. Er
muss sich den Bauch halten und kann sich kaum
mehr beruhigen. Meister Griffi wendet ihnen nun
doch ihre volle Aufmerksamkeit zu und Helenas
Augen sind weit aufgerissen. Mit ihren trockenen
Lippen flüstert sie immer wieder dieselben Worte
vor sich hin.

„Ich habe doch gesagt, sie soll fliehen. Warum tut sie
das?"

Rorick wischt sich einige Freudetränen aus dem
Gesicht.

„Deine Tochter ist doch wirklich immer wieder für

eine Überraschung gut. Ich habe es mir anders überlegt."

Er muss Luft holen, um sich von seinem Lachanfall wieder zu beruhigen.

„Zidonia, du solltest unbedingt mit einigen Soldaten beim Podest bereitstehen. Schließlich wollen wir nicht, dass die Feuerschale erneut entweiht wird."

Er steht auf und kniet sich vor Helena hin. Die Schwarze Witwe verschwindet unauffällig hinter einem Lichtkristall und wischt sich den Angstschweiß ab.

„Meister Halsin, du wirst Helena tragen. Wir kommen dann später nach."

Zidonia geht wütend einige Schritte umher.

„Und was dann? Möchtest du die Verräterin eintauschen?"

Rorick beachtet sie gar nicht, stattdessen hebt er mit einem Zeigefinger Helenas Kinn, damit er in ihre trüben, grünen Augen sehen kann.

„Nein. Du wirst mir dabei helfen, dass deine Tochter mir doch noch um den Hals fällt."

Sein Grinsen jagt Helena panische Angst ein.

DURCH DIE WAND

Hina geht selbstsicher durch die Tunnel. Zu ihrer rechten Seite marschiert Thorin, die Hufe des Minotauren hallen in den Gängen. Die anderen Mischwesen folgen ihnen. Kiran bleibt in der Mitte und sieht sich immer wieder um. Sein Blick huscht hastig umher, die Spitzhacke fest umklammert.
Die Gruppe erreicht das Innere der unterirdischen Stadt Purgator. Vor ihnen erstreckt sich die lange Treppe hinunter zum Podium. Die Kristalle, die in der ganzen Stadt verteilt sind, flackern in einem gefährlichen Rot. Auf den Seiten links und rechts erheben sich mehrere kleine Höhlen und Eingänge, die nach unten gestaffelt sind. Vor einer versperrten Metalltür stehen mit einem kleineren Abstand fünf Pyroniden. Dort muss das Schwefellager sein, wo sich Gil und die anderen verbarrikadiert haben. Sobald sie die Höhe des Eingangs erreicht haben, ruft Hina laut zum Podium.
„ZIDONIA! BRINGEN WIR ES ZU ENDE!"

Das Fauchen und Piepsen der Pyroniden hallt durch die Stadt. Vor dem Podium haben sich mehrere Soldaten der Pyroniden versammelt. Es stehen sieben Mischwesen, Kiran und Hina geschätzt zweihundert bewaffneten Feuermäusen entgegen. Bei der Armee angekommen, nickt Hina Thorin zu und geht gemächlich durch ihre Gegner zum Podium. Ihr Blick ist fest auf Zidonia gerichtet, die mit verschränkten Armen vor der Feuerschüssel steht und ihre Zähne fletscht.

Hina hat keine Mühe, durch die brennende Menge zu gelangen. Ihre Haut hat sie mit Damons Schuppen überzogen und ihre Haare zu einem festen Dutt zusammengebunden. Sie ist sich bewusst, dass jeder ihrer Schritte genau beobachtet wird. Thorin und seine Kameraden bilden eine Linie und blockieren so die Treppe.

„Du wagst es, mir ohne Waffe entgegenzutreten?" Zidonias Hass und Verachtung sind beinahe greifbar.

Hina geht an ihr vorbei und bleibt vor den vier Stühlen stehen. Sie betrachtet das große Emblem des Feuers, welches auf die Wand gemalt wurde.

„MIR DEN RÜCKEN ZUZUDREHEN WAR EIN FEHLER!"

Mit ihren Krallen greift sie Hina an, doch diese hat nur darauf gewartet. Ein Schritt zur Seite und sie packt die Kralle, die sonst ins Leere gegangen wäre. Mit einer flüssigen Bewegung dreht sie Zidonias Arm und ein knackendes Geräusch erklingt, gefolgt von einem schrillen Schrei. Die zweite Hüterin stolpert einige Schritte rückwärts.

„DU VERDAMMTES MISTSTÜCK!"

„Ich habe doch gesagt, dass wir es zu Ende bringen werden."

Sie nickt Thorin zu und die sieben Stollenarbeiter stoßen ihre Spitzhacken zeitgleich in die sieben Soldaten vor ihnen. Ihre Kraft hat ausgereicht, um sie gleich zu erledigen. Durch den engen Durchgang kommen jeweils immer nur sieben Pyroniden auf einmal durch. So hacken die Mischwesen immer wieder auf sie ein. Wegen ihrer großen Zahl drücken sich die Pyroniden gegenseitig direkt in die Todesschläge. Auf beiden Seiten des Durchgangs haben sich zwei Pyroniden platziert, die ihre gefallenen Kameraden an den Schwänzen wegziehen, um den anderen den Weg zu erleichtern. Das ganze gleicht einem Todeskreis.

„IHR VOLLIDIOTEN! GREIFT SIE AN!"

Zidonia zeigt mit ihrem nicht gebrochenen Arm auf Hina. Die Pyroniden, welche dem Podium am nächsten sind, stürmen auf sie zu. Zuerst konzentriert sich Hina darauf, ihren Speeren auszuweichen. Dann schafft sie es, einen Soldaten zu entwaffnen und schlägt zurück. Penibel achtet sie darauf, ihren Mund geschlossen zu halten. Sie darf auf keinen Fall fremdes Blut schlucken oder sich verletzen. Jeder noch so kleine Kratzer könnte dafür sorgen, dass sie erneut eine neue Blutart aufnimmt – so wie es bei Damon geschehen ist.

Kiran, der sich hinter den Stollenarbeitern platziert hat, hält seine Waffe fest an sich gedrückt. Sein Blick fokussiert sich auf die fünf Soldaten vor dem Schwefellager. Unsicher wuseln sie umher, nicht sicher, ob sie ihren Posten verlassen sollen.

Innert Minuten haben sie die Anzahl der Pyroniden auf die Hälfte reduziert.

„AUFHÖREN!"

Eilig sammeln sich die verbliebenen Feuermäuse wieder vor dem Podium. So kommen die Leichen ihrer gefallenen Brüder zum Vorschein. Nackt und blutig liegen die Mäuse reglos in der Asche ihrer Flammen.

Dieser Anblick erschüttert die zweite Hüterin zu tiefst.

Hina gibt ihr einen kurzen Augenblick, bevor sie ihren Plan weiter verfolgt.

„Beantworte mir doch eine Frage, bevor wir es endgültig beenden. Wie konnte jemand, der so inkompetent ist wie du, zum Hüter gewählt werden?"

Bedrohliche Stille folgt auf ihre Frage, welche durch ein langsames Klatschen durchbrochen wird. Einer der untersten Stollen öffnet sich und Rorick kommt mit einem riesigen Grinsen im Gesicht herausspaziert, gefolgt vom dritten Hüter, Meister Halsin, der etwas in seinen verbrannten Armen trägt. Ein Tuch aus Asbest umhüllt das Bündel. Hina ahnt bereits, wer sich dort in seinen Armen befindet. Ihr Magen verkrampft sich.

„Das habe ich mich auch schon gefragt. Schön, dass du das auch so siehst, meine Liebe."

Rorick schreitet durch die Leichen, als wären sie nicht da. Meister Halsin hat bedeutend mehr Mühe. Seinem Gesicht nach zu urteilen, wäre er momentan lieber an einem ganz anderen Ort.

Hina weicht zurück, als Rorick auf sie zugeht, den Speer auf ihn gerichtet.

„Ich bin nicht deine *Liebe*."

Hina spuckt das letzte Wort aus, als wäre es Gift. Er war ihr schon von Anfang an nicht geheuer, aber mittlerweile widert er sie an.

„Ich bin mir sicher, dass wir zu einer Einigung kommen. Habe ich dir nicht gesagt, dass du mir schon noch um den Hals fallen wirst?"

„Um dich zu erwürgen."

Ihre offensichtliche Abscheu amüsiert ihn. Er wendet sich zur Feuerschale und entfacht mit einem

Schnippen das Feuer. Seine braunen Haare sind nach hinten gestrichen und anstelle der Bergarbeiterkluft, trägt er ein sauberes, schwarzes Hemd und dazu passende Hosen. An seinem Gurt hängt ein eleganter Dolch. Es wirkt, als hätte er sich für diesen Moment in Schale geworfen. Hina wagt es nicht, ihn aus den Augen zu lassen.

„Warum beantwortest du mir nicht eine Frage, da deine geschätzte Kollegin anscheinend nicht antworten kann."

Zidonia starrt noch immer auf ihre Untergebenen und nimmt das Gespräch nur am Rande wahr.

Rorick lässt seine Finger durch die Flammen der Schale gleiten.

„Anscheinend hast du Gefallen am Spiel der Sphinx gefunden. Aber gut, wie könnte ich meiner zukünftigen Lebenspartnerin auch einen Wunsch abschlagen, wenn sie höflich darum bittet?"

Sie beobachtet sein Fingerspiel und merkt bedauernd, dass er keine Brandwunden davon trägt.

„Warum ist ein Ekel wie du erster Hüter?"

„Weil ich immer das bekomme, was ich will."

Er winkt Meister Halsin zu sich und reißt die Decke von seinen Armen. Auf den knorrigen Armen des Griffis liegt ein mit Brandblasen übersäter Mensch. Einige Hautstellen sind verkohlt, andere mit Eiter überzogen. Ihre Kopfhaut besteht aus reinem

Narbengewebe. Hina tritt einen Schritt zurück, als sie den Zustand ihrer Mutter sieht.

„Nein ..."

Grob packt Rorick Helena am Hals und zieht sie von den Armen des Griffis runter. Er hält Helena vor sich und drückt ihr den schwarzen Dolch an den Hals. Helena hat sich geirrt, als sie dachte, dass sie keine Tränen mehr hat. Denn als sie mit verklärtem Blick ihre Tochter erkennt, laufen sie ihr in Strömen die Wangen hinab.

„Du hättest ... gehen ... sollen ..."

„Was für ein herzliches Wiedersehen! Und wenn du an meiner Seite bleibst, darfst du dich sogar um deine schwerkranke Mutter kümmern. Ist das nicht ein großzügiges Angebot?"

Sein freundliches Gesicht ist ein abstrakter Kontrast zur gesamten Situation. Niemand in der gesamten Stadt wagt es, sich zu bewegen.

Hina sieht ihrer Mutter in die Augen. Liebevoll und beinahe entschuldigend erwidert sie den Blick ihrer Tochter. Hina wischt sich ihre Tränen vom Gesicht.

„Was soll ich sagen, Mam? Ich bin genauso wie du."

Hinas Worte sind nicht mehr als ein Flüstern. Sie nickt Helena zu und schließt die Augen.

„Ich liebe dich, Prinzessin."

Nachdem Helena ihre letzten Worte gesprochen hat, stürzt sie sich in den Dolch. Vor Schreck lässt Rorick seine Gefangene fallen und tritt zurück, um nicht von der Blutfontäne getroffen zu werden.

Das Geräusch des Blutes jagt Hina einen Schauer über den Rücken. Sie schließt die Augen und erinnert sich an früher. Daran wie der Grießbrei ihrer Mutter schmeckte. Wie sie ihre Tochter angelächelt und wie sie Hina so oft getröstet hatte, wenn die Welt draußen zu viel für sie war. Langsam öffnet sie wieder die Augen und sieht die Blutlache, in der ihre Mutter liegt. Selbst jetzt, halbverkohlt und mit Eiter überzogen, ist sie noch immer die schönste Frau der Welt. Hina wischt sich die Tränen fort und sieht ihren Gegenspieler seufzend an. Ihre ruhige Stimme überrascht Rorick.

„Eigentlich bist du ganz süß. Du glaubst nämlich tatsächlich, dass du angsteinflößend bist."

Abschätzig gibt Hina einen amüsierenden Laut von sich.

„Aber ich habe jemand wirklich Angsteinflößendes gesehen. Und du hast nicht annährend sein Lächeln."

Hina holt tief Luft und brüllt los. Die Luft, die der Drachenschrei erzeugt, schleudert Rorick gegen die Wand und sorgt dafür, dass diese in sich zusammenfällt.

DER PLAN

Einige Stunden zuvor …

„Gibt es noch mehr von euch?"
Hina steht mit offener Haltung und freundlichem
Gesicht vor Thorin.
„Wir sind sieben. Eigentlich hätten wir Verstärkung
durch die neuen Gefangenen bekommen sollen.
Aber wie wir gehört haben, wird das nicht der Fall
sein."
Der Minotauer sieht Hina mit hochgezogenen
Augenbrauen an, diese kratzt sich verlegen am
Hinterkopf.
„Ja, das wird wohl tatsächlich nicht der Fall sein."
Kurz mustert sie jeden einzelnen der Stollenarbeiter
und nickt dann zufrieden.
„Aber mehr brauchen wir auch nicht. Denn so wie
ich das sehe, sind wir genau genug."
Thorin verschränkt die Arme vor seiner Brust und
eine kleine Dampfwolke kommt aus seinen großen
Nasenlöchern. „Achteinhalb Kämpfer. Das ist nie

und nimmer genug. Schließlich sind die Pyroniden über hundert an der Zahl. Also verarsch uns nicht!"

Kiran sieht den Minotauren empört an.

„Meinst du mit dem Halben etwa mich?"

Sowohl Thorin als auch Hina ignorieren seinen Einwand.

„Wir müssen uns nur richtig platzieren. So wie ich die Pyroniden wahrgenommen habe, ist ihre einzige Stärke, ihre zahlenmäßige Überlegenheit."

Thorin schnaubt verächtlich.

„Weil wir feuerfest sind und ihre Krallen unserer harten Haut nichts anhaben können?"

Übertrieben freudig wendet sich Hina an Kiran.

„Sarkasmus! Und dann sagt er mir, er sei kein Mensch."

Bevor Kiran etwas darauf erwidern kann, spricht sie auch schon weiter.

„Wir müssen die Meute lediglich in die richtige Position locken. Dann haben sie keine Chance, euch zu umzingeln. Denn so wie ich euch einschätze, ist jeder einzelne von euch in der Lage, einen Pyroniden mit einem Schlag außer Gefecht zu setzten. Falls es tatsächlich zum Kampf kommen sollte."

„Falls es zum Kampf kommen sollte?"

Hina zögert einen Moment.

„Wir müssen zuerst wissen, wo wir überhaupt hinfliehen. Unsere Strategie müssen wir nach unserem eigentlichen Ziel ausrichten."

Sie denkt an ihre Zeit in Vardra zurück. Wo sie sich von Igor und Demitri die vergangenen Schlachtpläne und deren Fehler anhören musste. Innerlich schickt sie ein Dankeschön in die Hölle, wo die zwei Bastarde hoffentlich für den Rest der Ewigkeit schmoren.

Thorin und seine Kameraden sehen einander an.

„Wir sind schon seit Jahrzehnten hier unten. Um ehrlich zu sein, haben wir die Orientierung verloren."

Nachdenklich richtet sich Hina an Kiran.

„Ich weiß, dass du mir nicht helfen willst. Aber ich benötige deine Hilfe trotzdem. Elysia hat erzählt, dass die Pyroniden die Griffis angreifen möchten. Hat es diesbezüglich schon Bauarbeiten gegeben? Schließlich müssen sie ja irgendwie zu ihrem Aufenthaltsort gelangen. Bei dem ausgeklügelten Tunnelsystem wäre es dumm, nicht unterirdisch anzugreifen."

Kiran verzieht das Gesicht, als würde sie eine andere Sprache sprechen.

„Zu den Griffis? Dann können wir uns gleich erhängen."

„Warum glaubt das jeder?"

„Hast du eine Ahnung, wie viel Schwefel gelagert wurde? Und das ist erst die Hälfte der geplanten Menge. Abgesehen davon, ist der dritte Hüter ein Griffi. Und wenn alle so aussehen wie der, dann bleibe ich lieber hier."

Hina kann sich ein Schmunzeln nicht verkneifen, als sie den Griffi Frederick zitiert.

„Stimmt. Zum Glück sehen aber nicht alle so aus wie der. Es gibt sie in vielen verschiedenen Variationen. Als stolze Eichen, betrübte Trauerweiden, schüchterne Gänseblumen und als aufgeweckte Büsche!"

Sie hat auch Fredericks Stimmlage imitiert, was die anderen Anwesenden leicht irritiert.

„Was ich damit sagen will, ist, dass das Wesen einer einzelnen Person nicht ausreicht, um das gesamte Volk zu kennen. Nur weil jemand anders aussieht, heißt es nicht, dass er auch anders ist."

Thorin und seine Kameraden hören Hina mit wässrigen Augen zu. Als Kiran die Sentimentalität im Raum erkennt, schüttelt er leicht mit dem Kopf.

„Meinetwegen. Aber ich bin weiterhin nicht überzeugt."

Sanft lächelt sie ihn an.

„Das musst du auch nicht. Du hast bestimmt etwas mitbekommen. Haben sie den Tunnel zu den Griffis schon gebaut?"

Seufzend lässt Kiran die Schultern hängen.

„Ich habe mitbekommen, wie sie eine Handvoll Mischwesen in die Stadt gebracht haben. Soweit ich weiß, sind die nicht mehr zurückgekommen."

Fragend blickt Hina zu Thorin, der sich unauffällig eine Träne aus den Augenwinkeln reibt.

„Das stimmt. Vor dem Angriff auf die letzte Stadt haben einige von uns einen Spezialauftrag erhalten. Die sind seitdem nicht mehr wiedergekommen."

Sie kneift die Augen zusammen und massiert ihre Schläfen.

„Wenn ich die Griffis angreifen würde, und es aus dem Untergrund heraus machen muss, dann würde ich den Tunnel nicht fertig graben. Jedenfalls nicht, bis die Streitkräfte und Waffen bereit sind. Denn die Griffis sind alle über das Wurzelnetzwerk miteinander verbunden."

Mit zusammengezogenen Augenbrauen schreitet sie zwischen den Anwesenden auf und ab.

„Gleichzeitig muss der Eingang zum Tunnel an einem Ort gebaut werden, wo sich schnelle Gegenwehr mobilisieren lässt, da die Feinde den Tunnel von sich aus entdecken könnten. Und natürlich dürfen die Sklaven davon nichts erfahren, sonst kommen sie noch auf dumme Ideen."

Empört holt Kiran tief Luft.

„Hör mal! Wir sind keine Sklaven."

Wieder geht Hina nicht auf seinen Einwand ein.

„Taktisch gesehen wäre die Nähe des Podiums perfekt. Um ehrlich zu sein, würde ich den Tunnel hinter den vier Stühlen graben."

Mit verschränkten Armen und einem giftigen Unterton unterbricht Kiran sie.

„Dort, wo das Feuerzeichen aufgemalt ist? Natürlich. Weil es ja überhaupt keinen Aufwand braucht, die Wand zu entfernen und wieder so zu reparieren, als wäre nichts-"

Er hält inne, als ihm etwas in den Sinn kommt.

Genervt schlägt er die flache Hand auf seine Stirn.

„Ich Vollidiot! Sie wollten, dass wir rote Farbe herstellen. Das ist gar nicht so lange her."

„Ich habe doch gewusst, dass auch du zu etwas gut bist."

Viel zu fest klopft Hina ihm auf die Schulter.

Beinahe wäre Kiran umgefallen, wenn er mit seinen Armen nicht um sein Gleichgewicht gerudert hätte.

Voller Tatendrang wendet sich Hina an die Mischwesen.

„Also. Dann können wir davon ausgehen, dass Zidonia eure Freunde an die Sphinx verfüttert hat, um die Information unter Verschluss zu halten."

Erst nachdem sie die Worte laut ausgesprochen hat, wird Hina bewusst, dass dies nicht sehr taktvoll wahr. Schuldbewusst hält sie ihren Mund.

„Entschuldigt. Ich bin schon so lange mit Tot und Verderben konfrontiert, dass ich den Effekt meiner Worte nicht mehr hinterfrage."

Thorins Nicken lässt sie fortfahren.

„Dann gehen wir davon aus, dass sich hinter der Wand ein Tunnel befindet. Der mit der allergrößten Wahrscheinlichkeit bis jetzt nicht fertig ist. Die drei Hüter, die uns im Weg stehen und mehrere Hundert Pyroniden, Gil und die anderen, die in den Schwefellagern gefangen sind, einige Menschen, in dem Tunnelsystem verstreut, und mindestens zwei der Hüter haben es auf mich abgesehen."

Tief ein- und ausatmend blickt Hina in die Runde.

„Ideen?"

Kiran hebt seinen Finger.

„Es sind vier Hüter. Und warum um alles in der Welt haben es nur zwei auf dich abgesehen? Oder besser gesagt, warum haben es diese zwei auf dich abgesehen?"

„Drei. Meine Mutter ist keine Gefahr. Den Griffi kann ich nicht einschätzen, da ich noch nicht mit ihm zu tun hatte. Zidonia ist wütend, weil ich ihre Sphinx verärgert habe und aus ihrem Zimmer geflüchtet bin. Von dem geplatzten Verwandlungsritual mal abgesehen. Und Rorick … der will mich zwar nicht töten. Aber ich werde ihm den Hals umdrehen, sobald er auch nur in meine Nähe kommt."

Die letzten Worte spricht Hina schneller und spuckt schon beinahe, als sie seinen Namen ausspricht.

„Was hat Rorick denn damit zu tun?"

„Er ist der erste Hüter."

Schock zeichnet sich in den Gesichtern aller Anwesenden. Thorin verschränkt die Arme.

„Das kann nicht sein. Rorick ist einer von den Menschen. Also … er ist einer von uns."

Einen Moment lang überlegt Hina, ob sie ihnen von ihrem Erlebnis mit ihm erzählen soll, entscheidet sich dann aber dagegen.

„Ich bin mir sehr sicher, dass er ein Hüter ist. Aber eigentlich spielt das keine Rolle. Denn, ob mit oder ohne ihn, haben wir auch so reichlich Probleme."

Kiran fuchtelt mit beiden Armen in der Luft.

„Halt. Wollen wir ignorieren, dass ihre Mutter eine Hüterin ist? Wie sollen wir dir vertrauen, Hina, wenn deine Mutter zu den Bösen gehört?"

Das leuchtet auch den Mischwesen ein und neugierig warten sie auf Hinas Antwort.

„Ein Hüter ist unmittelbar mit dem Elementarwesen verbunden. Das Wesen des Feuers sieht und hört alles, was ein Hüter spricht und hört. Als ich aus Zidonias Zimmer getreten bin, hat sie sich lieber lebendig verbrennen lassen, als dass sie mich gefangen genommen hätte."

Hina macht eine kurze Pause, in der sie nochmals tief Luft holt und dann jedem einzelnen in die Augen sieht.

„Ich weiß nicht, ob sie noch lebt. Und vermutlich werde ich es auch nicht mehr erfahren. Und das … das … Nach meinem Kenntnisstand kann man die Verbindung zu einem Elementarwesen nicht mehr trennen. Deswegen gibt es für sie keinen anderen Ausweg."

„Und was ist mit der Sphinx?"

Thorin verpasst Kiran einen Schlag auf den Hinterkopf, was sie wieder zum Lächeln bringt.

„Das ist eine andere Geschichte und soll ein andermal erzählt werden."

Stille macht sich breit.

Thorin erinnert sich an seine Verwandlung und die Zeit davor. Sein Sohn wurde nach ihm von Zidonia ausgewählt. Noch völlig erschöpft von dem damals Erlebten, musste er mitansehen, wie sein Sohn in ein Huhn verwandelt wurde. Die Pyroniden haben ihn noch am selben Abend gegrillt. Das ist einer der Gründe, weshalb Zidonias Einfluss nicht funktioniert. Er weiß genau, wozu diese Mäuse fähig sind, und zweifelt keine Sekunde an Hinas

Geschichte oder ihrer Glaubwürdigkeit. Seit seiner Zeit als Minotaur ist sie die Erste, die auf seine Menschlichkeit besteht. Auch wenn er glaubt, diese mit dem Tod seines Sohnes verloren zu haben.

Thorins Blick wandert zu seinen Kameraden. Jeder seiner Gefährten hat eine ähnlich tragische Geschichte hinter sich. Deswegen war es nie eine Frage, ob sie sich gegen die Pyroniden stellen. Sondern wann.

Hina seufzt und schüttelt ihren Kopf.

„So! Genug Trübsal geblasen. Kiran, wie lange brauchst du, um die anderen Menschen zusammenzutrommeln?"

„Die anderen?"

„Wenn wir gehen, dann nehmen wir alle mit. Sonst muss jemand unseren Mut ausbaden und das will ich nicht."

„Ehm ... nun, ich weiß nicht ..."

„Gut. Du hast zwei Stunden."

„Was? Das ist zu wenig! Was, wenn-"

„Dann würde ich mich an deiner Stelle beeilen."

Mit verschränkten Armen stellt sie sich vor ihn.

„Und wohin soll ich die anderen bringen?"

„Zur Versammlungsabteilung."

Zögernd nickt Kiran, bevor er sich umdreht und sich auf den Weg in die Tunnel macht.

„Nun zu euch."

Mit Schwung dreht sie sich zu den Mischwesen.

„Wie kontrolliert Zidonia euch? Hat sie eigentlich alles mitgehört?"

„Das kommt dir ja früh in den Sinn."

„Das beantwortet nicht meine Frage."

Thorin legt seinen Kopf schief.

„Nein. Sie kann uns nicht hören. Es gibt einen Spion, der ist lauter als gut für ihn ist."

Hinas Gesicht verzieht sich zu einem unheimlichen Grinsen.

„Gut, dann fangen wir an und schicken Zidonia eine Drohung."

Einer von Thorins Kameraden macht sich auf den Weg, um den Spion zu holen. Währenddessen hockt Hina im Schneidersitz auf dem Boden und versucht, ihre Energien und Fähigkeiten besser kennenzulernen. Mit geschlossenen Augen und die Hände im Nacken zusammengefaltet, atmet sie ruhig durch die Nase ein und durch den Mund aus. Damons Blut, das Blut eines Mischwesens, ist sonderbarer als die anderen. Zumal sie es nicht getrunken hat, sondern es durch eine Wunde in ihren Körper gelangt ist. Hina erinnert sich an seinen schuppenartigen Körper und versucht sich das nochmals genau vor Augen zu führen, die Schuppen an ihrem Körper zu manifestieren.

Die Zeit verstreicht, als sie das Summen hört. Zusammen mit dem Hufklappern ihres Kameraden. Thorin spaziert ihnen entgegen und packt den kleinen Spion an den Flügeln, worauf ein hoher Schrei durch die Tunnel hallt. Die kleine Kreuzspinne hat einen rundlichen Körper. Die passenden schwarz glänzenden Schmetterlingsflügel flattern nervös. Neugierig übergibt er seinen Gefangenen Hina.

„Hier ist er. Zidonias Spion."

Sanft nimmt Hina sie in ihre Hände und hält zwei seiner sieben Beinen fest.

„Wie viel Zeit bleibt Kiran noch?"

„Hier unten vergeht die Zeit anders."

Thorin steht locker vor ihr. Er möchte nicht eine

ihrer Bewegungen verpassen, hat er doch vorher
beobachten können, wie sich Hinas Haut teilweise
mit Schuppen überzogen hat.

„Dann lassen wir ihm doch noch ein wenig mehr
Zeit. Wie heißt du, Kleiner?"

Die geflügelte Schwarze Witwe zittert am ganzen
Körper.

„… Spion …"

„Spion? Sie hat also nicht mal die Gütigkeit besessen,
dir einen Namen zu geben?"

Er weiß nicht, wie er auf ihre Frage reagieren soll,
und sieht nervös umher. Ruhig lächelt Hina das
kleine Kerlchen an.

„Ich kann mir vorstellen, dass Zidonia dich nicht
sonderlich gut behandelt. Habe ich recht?"

Wieder bleibt er stumm.

„Weißt du, ich möchte alle gefangenen und
versklavten Wesen mit an die Oberfläche nehmen.
Möchtest du mit uns kommen?"

Unsicherheit überkommt den Spion. Natürlich ist er
nie wirklich gut behandelt worden. Aber er
bekommt regelmäßig Essen und wird nie körperlich
angegriffen. Seine Arbeit ist im Vergleich zu den
anderen auch angenehm. Das Ganze riskieren für
eine Fremde, die denkt, Zidonia besiegen zu
können? Niemals. Doch wie soll er nun wieder aus
seiner Situation herauskommen, ohne einen Schaden
davonzutragen?

Sein Zittern nimmt zu und Hina seufzt.

„Du möchtest also lieber nicht mit uns kommen, nicht wahr? Keine Angst, ich werde dich nicht töten. Schließlich bin ich nicht so herzlos wie deine Herrin. Ich muss nur wissen, ob ich auf dich warten soll oder ob du hier bleiben willst."

Lange beobachtet der Spion ihr Gesicht. Das freundliche Lächeln und die ruhigen, grünen Augen scheinen keinerlei Hintergedanken zu hegen. Das kleine Wesen schüttelt langsam den Kopf.

„Das habe ich mir schon beinahe gedacht. Was für ein Jammer."

Mit einer ruckartigen Bewegung reißt ihm Hina eines seiner sieben Beine aus. Erneut hallt ein hoher Schrei durch den Tunnel, welches von dem schadenfrohen Kichern der Stollenarbeiter begleitet wird.

„Entschuldige, wie ungeschickt von mir."

An Hinas Gesichtsausdruck hat sich nichts verändert, was den Spion in Todesangst versetzt.

„Du hast doch gesagt, dass du mich nicht töten wirst!"

„Das werde ich auch nicht. Dir Schmerzen zuzufügen, davon war nie die Rede."

„Was willst du von mir?"

Winzige Tränen kullern über sein Gesicht.

„Herrje, sieh mich nicht so an! Da bekomme ich ein schlechtes Gewissen. Ist ja gut, ich werde dir nicht mehr wehtun. Glaub mir, wenn du nicht so süß wärst und wir dich nicht unbedingt brauchen würden, dann hättest du nicht so viel Glück."

Thorin zieht ungläubig seine Augenbraue in die Höhe.

„Süß?"

„Sieh ihn dir doch mal an! Die kleinen Beinchen und Flügelchen. Wie kann man ihn nicht süß finden?"

„Er ist verantwortlich für mehrere Tode."

„Hat er jemanden selbst getötet?"

„Nein, aber-"

„Eben. Dann will ich nichts weiter darüber hören."

Vor lauter Panik beißt der Spion in Hinas Finger.

Thorin verwirft seine Hände.

„Das wollte ich noch sagen. Er ist mit einem Lähmungsgift ausgestattet. Nun können wir unseren Plan vergessen."

Er und seine Kameraden halten einen Moment inne, als Hina anfängt zu Lachen.

„Awww ... du bist echt süß. Und keine Sorge, dass bisschen Gift macht mir nichts aus."

Fröhlich starrt sie in die Runde, die ihr nur einen weiteren ungläubigen Blick entgegenwirft. „Aber ich glaube, wir haben Kiran nun genug Zeit verschafft. Hör mir jetzt genau zu, du süßer kleiner Kerl. Ich möchte, dass du zu deiner Herrin Zidonia fliegst und ihr etwas ausrichtest." Heftig nickt der kleine Spion, der bereits mit seinem Leben abgeschlossen hat.

„Sag ihr, dass ich sie herausfordere. Ich will es endlich zu Ende bringen, und zwar auf dem großen

Podium. Falls sie in einer Stunde nicht erscheint, werde ich die goldene Feuerschüssel zerstören. Hast du das verstanden?"

Erneut nickt das kleine Wesen. Sobald Hina seine Beine loslässt, düst er so schnell er kann, in die Tunnel davon.

Auf Thorins Stirn zeichnen sich einige Sorgenfalten ab.

„Was sollte das mit der Feuerschüssel?"

„Als Zidonia mich gefangen hat, hat sie sich zuerst darum gekümmert, die Feuerschüssel wieder herzurichten, anstatt das ihren Untertanen oder einem der anderen Hüter zu überlassen. Sie hat diese Aufgabe auch nicht auf später verschoben. Also wird diese Schüssel für sie sehr wertvoll sein. Und wenn wir Glück haben, versammelt sie ihre ganze Arme vor dem Podium. Dann könnt ihr euch bei der Treppe in einer Reihe aufstellen und werdet nicht von der Menge überrannt."

„Und was machst du?"

Gemütlich steht Hina auf.

„Ich werde mich natürlich auf dem Podium mit Zidonia duellieren."

„Natürlich, was auch sonst?"

Thorins sarkastischer Unterton bringt Hina erneut zum Schmunzeln.

„Kommt, ich erkläre euch alles Weitere, wenn wir uns mit den anderen treffen."

WIR SIND NOCH NICHT FERTIG!

Als die Wand in sich zusammenfällt, passieren
mehrere Dinge gleichzeitig. Kiran pfeift mit seinen
Fingern im Mund und oben an der Treppe
versammeln sich sämtliche Menschen, die in den
Tunneln gearbeitet haben. Alle bewaffnet mit
Spitzhacken und Hämmern. Dann springt die
Metalltür zur Waffenkammer auf und Gil erschießt
mit seinem Bogen nacheinander die übrigen fünf
Wachen, die vor dem Schwefellager stehen. Alle drei
Lagertüren öffnen sich und die Gefangenen tragen
den Schwefel in ihren Händen hinaus. Gil eilt zu
Hina auf das Podium, während die Arbeiter den
Gefangenen helfen, die Treppe runterzukommen.
Nun greifen auch die Mischwesen wieder an. Im
Gleichschritt marschieren sie auf die Pyroniden zu,
die unsicher hin und her wuseln. Ihr Piepsen
übertönt den Klang der Hufe.
Zidonia hat das ganze Geschehen schweigend
beobachtet und muss erneut zusehen, wie ihre

Soldaten von den Mischwesen abgeschlachtet werden. Die Wesen, die sie selbst erschaffen hat.

Gil hat mittlerweile das Podium erreicht und drückt Hina einen schwarzen Morgenstern in die Hand.

„Hier, den hast du sicher vermisst."

Freudig nimmt sie die Waffe entgegen und schwingt die ihr bekannte, stachelige Kugel mehrmals umher.

„Habe ich Geburtstag? Oder warum bist du so nett zu mir, Gil?"

„Was sind die nächsten Schritte?"

Wieder voll in ihrem Element zeigt sie auf das frei gewordene Loch.

„Da müssen wir lang. Die Mischwesen gehen voraus und alle anderen folgen ihnen. Den restlichen Schwefel platzieren wir beim Eingang, sobald alle im Tunnel sind. Und Zidonia muss unbedingt am Leben bleiben."

Gil nickt, während Hina ihm die nächsten Schritte erklärt. Doch bei ihrem letzten Punkt verzieht er das Gesicht.

„Ich erkläre es dir später. Und jetzt los, ich brauche dich in der letzten Linie."

Bevor er sich aufmacht, Rhea und Elysia zu informieren, die je eine Gruppe der Gefangenen anführen, greift er Hinas Arm und flüstert ihr ins Ohr.

„Wir haben das Wasseremblem vom Brunnen
gefunden. Kannst du das brauchen?"
Eifrig nickt sie ihm zu. Mit großer Vorfreude sieht
Hina ihm nach.
In ihrem Kopf dreht sich plötzlich alles darum, sich
am Feuerwesen zu rächen. Das Bild ihrer Mutter,
wie sie vor ihren Augen in Flammen aufgeht und
sich dann selbst ins Messer stürzt, kochen in Hina
auf.
Ohne weitere Umschweife klettert Gil über die
Stollen und bahnt sich einen Weg zu Rhea. Er gibt
ihr die Anweisungen weiter und nimmt das
Wasseremblem entgegen. Bevor er sich auf den Weg
zu Elysia macht, wirft er den silbernen Kreis zu
Hina, die nach vorn laufen muss, um es zu fangen.
„Das mit dem Werfen üben wir nochmal, Gil."
Leise vor sich hin murmelnd, wendet sie sich nun
der Feuerschale zu, die nach all dem, was
vorgefallen ist, noch immer steht und bedrohlich
brennt.
Zidonia findet langsam wieder zu sich und sieht
Hina vor der Feuerschale stehen. Den Morgenstern
in einer Hand, das Wasseremblem in der anderen.
„WAGE ES NICHT, DEN MEISTER EIN WEITERES
MAL ZU ENTWEIHEN!"
Hina lächelt der entsetzten Hüterin zu und platziert
das Emblem langsam an der Schale, ohne die Ratte

aus den Augen zu lassen. Sobald das Silber die Schale berührt, erklingt ein tiefes Grummeln. Als würde ein großes Tier, nein, ein Drache, direkt vor ihr stehen.

Zidonias Flammen erlöschen, die ganze Stadt wagt es nicht, sich zu bewegen. Pyroniden, Mischwesen und die Menschen – alle halten ihren Atem an. Die Aura, die die gesamte Stadt einhüllt, sorgt dafür, dass sich Haare aufstellen und man das Bedürfnis verspürt, davonzulaufen.

Selbst das Flackern der Kristalle wird schwächer. Nur Hina bleibt direkt vor der Schale stehen. Grinsend beobachtet sie, wie sich aus dem dunklen Rauch eine hässliche Fratze bildet.

Die raue, tiefe Stimme hallt durch die ganze Stadt und erfasst jeden Tunnel.

„Seit du einen Fuß in meine Tunnel gesetzt hast, machst du nichts als Ärger."

„Das war keine Absicht. Eigentlich wollte ich nur meine Leute wieder nach Hause holen. Aber dann ist mir eingefallen, dass wir gar kein Zuhause mehr haben. Deswegen habe ich noch ein paar Leute mehr eingesammelt und nehmen den Weg durch deine Tunnel. Das verstehst du doch, nicht wahr?"

Das Wesen des Feuers erhebt weder die Stimme noch spuckt er Feuer. Er redet leise und beschwörend.

„Nein. Das verstehe ich nicht. Aber ich bin mir sicher, dass ein neunmalkluges Miststück wie du es mir bestimmt erklären kann."

„Ich finde eigentlich, das ist ein fairer Tausch. Du hast mir meine Heimat und meine Mutter genommen. Also nehme ich mir meine Freiheit und die meiner Leute. Und für jedes Buch, welches deine Pyroniden zerstört haben, nehme ich ein Wesen aus deinen Reihen mit. Eigentlich bin ich sogar noch sehr großzügig."

„Großzügig …? Was-"

„Und wie großzügig ich bin. Denn deine Soldaten haben über tausend Bücher zerstört. Sei froh, dass ich mich mit diesen Wesen zufriedengebe."

Die gesamte Stadt hält die Luft an. Der Einzige, der sich ein Lachen verkneifen muss, ist Gil. Er strotzt nur so vor Stolz.

„Du wagst es mir zu drohen?"

Das letzte Wort lässt den Boden erzittern.

Kichernd schüttelt Hina den Kopf.

„Nein, du Dummerchen. Ich informiere dich lediglich über die Umstände. Und nun entschuldige mich, ich habe zu tun."

Sie stößt die Schüssel um und wendet sich wieder den Mischwesen zu.

„Los, Thorin! Wir müssen weiter!"

Niemand wagt es, sich zu bewegen, denn aus der Kohle, die auf dem ganzen Boden zerstreut wurde, erhebt sich ein gigantischer Glutriese.

„Damit hätte ich nicht gerechnet."

Mit offenem Mund sieht Hina, wie das Ungetüm auf sie zukommt und zu einem Schlag ausholt. Im letzten Moment weicht sie aus. Als sie den Krater im Boden sieht, den der Riese mit seinem Schlag erzeugt hat, muss sie schlucken. Ihr war nicht klar, dass die Element Götter sich manifestieren können. Die Pyroniden gewinnen neuen Kampfesmut und attackieren die Mischwesen nun mit vollem Einsatz. Zum ersten Mal haben die sieben Kameraden tatsächlich Mühe, alleine mit den brennenden Mäusen zurechtzukommen. Und als wäre der neu entflammte Kampfeswille der vorhandenen Pyroniden nicht genug, strömen inzwischen aus allen Eingängen der Stadt noch mehr aufs Schlachtfeld. Tausende Soldaten rauschen auf die Menschen und die Mischwesen zu. Gil klettert zwischen den Stollen umher und unterstützt mit seinem Bogen die Nahkämpfer.

Kiran schreit sich die Seele aus dem Leib, während er, mit tränenverschmiertem Gesicht und den Rücken Thorin zugewandt, auf alles einsticht, was brennt. Thorin, der froh um seine Rückendeckung ist, hat seine Kameraden ebenfalls angewiesen, in

Paaren zu kämpfen, um sich durch die Menge zu bewegen. Ihr Ziel ist der Durchgang, den sie um jeden Preis erreichen und von den Pyroniden freihalten müssen.

Elysia und Rhea haben mit ihren Leuten Schwefelstücke entlang der Treppe platziert und haben soeben das Podium erreicht. Elysia hat als Letzte noch einen großen Klumpen Schwefel in der Hand. In einem sie beschützenden Kreis bringen die Arbeiter sie durch die Pyroniden in Richtung des Tunnels.

Zidonia hat mit der neu gewonnenen Gestalt ihres Meisters ebenfalls wieder an Energie gewonnen und rennt auf Elysia zu. Im Sprung wird sie plötzlich von Meister Halsins Ästen gepackt und in die andere Ecke geworfen. Trotzig versperrt er ihr den Weg.

Die meisten Wesen haben es inzwischen zum Podium geschafft. Hina versucht in der Zeit, den Riesen beschäftigt zu halten. Indem sie ihm ausweicht, lockt sie ihn weiter vom Tunnel weg.

Einzelne Pfeile treffen immer wieder den Glutriesen. Doch sobald sie ihn berühren, verbrennen sie sofort. Der Gedanke, sich in einen Drachen zu verwandeln, streift durch Hinas Kopf. Doch die damit verbundenen Schmerzen und der Zeitaufwand wären zu groß und würden wahrscheinlich ihr Leben kosten.

Sie hat nicht zugesehen, wie ihre Mutter sich ins Messer stürzt, damit sie jetzt von einem Haufen Kohle zerdrückt wird.

Aus den Augenwinkeln erkennt sie, wie Elysia den Schwefelklumpen platziert hat und außer Gil und ihr jetzt alle im Tunnel sind. Gemeinsam haben sie eine Linie gebildet, um keinen Pyroniden durchzulassen.

Auf der Treppe finden derweil ständig kleinere Explosionen statt, die die Zahl der Pyroniden etwas verringert.

Um den Morgenstern endlich frei einsetzten zu können, steckt Hina das Wasseremblem in ihr Oberteil. Augenblicklich bildet sich um sie eine Wasserrüstung.

„Wenn ich das vorher gewusst hätte …"

Trotz der Abkühlung durch ihre neue Rüstung, steigen die Temperaturen ins Unerträgliche.

Zwischen den Ausweichmanövern hebt sie einen Speer auf, steckt ihn in Brand und wirft ihn in eines der Schwefellager. Die darauffolgende Explosion entzündet auch die anderen Lager und die gesamte Stadt vibriert. Der Glutriese hat für einen Moment Mühe mit dem Gleichgewicht. Das ist die Chance, auf die Hina gewartet hat. Den Morgenstern schwingend, rennt sie auf seine Beine zu und zerschmettert erst das linke und dann das rechte.

Der Riese fällt nach vorn und begräbt viele der Pyroniden unter sich.

Die Decke beginnt einzustürzen und größere Brocken begraben Hinas Gegner unter sich. Der Schrei des Riesen fährt ihr durch Mark und Knochen.

Doch sie hat keine Zeit, zu überlegen. Zusammen mit Gil bahnt sie sich einen Weg durch die verbliebenden Mäuse, um zum Tunnel zu kommen. Peitschende Schwänze, Krallen und Zähne schnappen nach ihnen.

„Entschuldige, Gil!"

Mit einer flüssigen Bewegung packt Hina den perplexen Gil am Oberarm und wirft ihn mit einem Schrei hinter die Mischwesen in den Tunnel.

Da sie nun niemanden mehr in ihrer Nähe hat, wirbelt sie den Morgenstern noch schneller als zuvor umher. Beinahe tanzend bahnt sie sich einen Weg durch das Meer aus Feuer und Blut.

Völlig in ihrem Takt versunken, erwacht sie erst, als Rhea und Elysia einen hellen Schrei von sich geben.

Aus den Augenwinkeln erkennt sie Rorick, der Elysia bei lebendigem Leib verbrennt. Er hält ihre Hand und lässt ihren Körper durch diese Berührung in Flammen aufgehen. In Sekunden verfällt der kleine Lockenkopf zu Asche.

Der süßliche Geruch von verbranntem Fleisch liegt in der Luft.

Mit einer Handbewegung verscheucht er die Pyroniden. In Windeseile huschen die brennenden Mäuse durch die einstürzende Stadt.

Nur zwischen Hina und Rorick scheint die Welt stillzustehen.

„Ich habe den lauten Zwerg noch nie gemocht."

Als wäre nichts passiert, und als würde seine Heimat nicht in Trümmern zusammenfallen, wischt er den Schmutz von seinem Hemd und spaziert auf Hina zu, die völlig außer Atem noch immer nicht richtig realisiert hat, was in den letzten Sekunden passiert ist. Einige Schritte vor ihr, bleibt Rorick stehen.

„Geh, meine Liebe. Dieses Mal hast du gewonnen. Aber wir werden uns bestimmt wiedersehen. Dafür habe ich gesorgt."

Wie in Trance sieht sie ihm nach. Erhobenen Hauptes, mit einer blutenden Kopfwunde, geht er gemächlich durch die herabstürzenden Felsen.

Langsam kommt sie wieder zu sich und rennt zu den anderen in den Tunnel. Gil entzündet den Schwefel am Eingang, der eine erneute Explosion erzeugt und dafür sorgt, dass der Eingang verschlossen wird.

Abgesehen vom Beben und Rheas Schluchzen ist es still.

Gemeinsam versinken sie in der erdrückenden Dunkelheit, während die Schatten und die schmerzhaften Erinnerungen des gerade Erlebten sich in ihnen breit machen.

NEUANFANG

„VERDAMMTE SCHEISSE! Warum musste ich ihn auch provozieren? Sie waren alle gebrochen! ALLE! Wir hatten die Oberhand! Wir hätten ohne Verluste durchkommen können! Warum? Warum …"
Hina sinkt auf die Knie und hämmert auf den Boden ein. Ihre Wasserrüstung löst sich auf und lässt sie durchnässt zurück.
Der Tunnel wird langsam in ein rötliches Licht getaucht, durch die Leuchtkristalle, welche die Arbeiter mitgebracht haben. Der aufgewirbelte Staub hängt in der Luft und hüllt die Entkommenen in ein dreckiges Tuch. Noch immer hören sie das Beben hinter dem eingestürzten Eingang.
„Ich habe wirklich an alles gedacht! Wir hätten bereits über alle Berge sein können!"
Rhea hat sich Gil um den Hals geworfen und schluchzt ihre Trauer in sein Hemd. Er kann sich nicht bewegen. Er war in diesem Moment, vor kurzer Zeit, noch so stolz auf Hina. Alles, was er jetzt sagen würde, wäre pure Heuchlerei.

Thorin legt sein Huf auf Hinas Schulter und geht neben ihr auf die Knie.

„Er hat deine Mutter gequält und in den Selbstmord getrieben. Ich denke, jeder von uns hätte genauso reagiert. Das ist … eben menschlich."

In ihrer Wut schlägt Hina seinen Huf weg und steht stolpernd auf. Ihre Kleider tropfen und ihr zitternder Körper sorgt für ein elendes Bild.

„ICH BIN EIN MONSTER! Sag es ihnen, Gil! Wie sonst hätte ich all die Pyroniden alleine besiegen können? Wie sonst hätte ich Zidonia den Arm brechen können? Warum sonst wollte der Feuerteufel mich haben? Warum sonst hat Rorick-"

Kiran verpasst ihr eine schallende Ohrfeige, die im Tunnel wiederhallt.

„Nun hör auf, zu übertreiben."

Verdattert mustert Hina ihn und muss feststellen, dass er mehrere Kratzwunden und Verbrennungen am ganzen Körper davongetragen hat. Aber nicht nur er, alle sind verletzt. Einigen fehlt ein Arm, andere haben Platzwunden oder gebrochene Gliedmaßen. Und sie alle sehen Hina mitleidig an. Das Monster, das keinen einzigen Kratzer abbekommen hat.

„Elysia hat an Rorick geglaubt und wollte ihn in den Tunnel ziehen. Sie wollte ihn in Sicherheit bringen. Wenn ich das richtig mitbekommen habe, hat sie sogar den Schutt über ihm entfernt. Sie ist gestorben, weil sie ein gutes Herz hatte. Nicht, weil du ein Monster bist. Und wir alle haben überlebt, weil wir an dich geglaubt haben. Weil du uns Hoffnung gegeben hast, die wir alle schon längst verloren haben. Und wir brauchen dich immer noch."

Er holt erneut zu einer Ohrfeige aus und Hina lässt ihn gewähren.

„Also reiß dich gefälligst zusammen!"

Den Blick auf ihre Füße gerichtet, atmet Hina durch. Sie wischt sich die Tränen aus dem Gesicht und schüttelt nochmals ihren Kopf.

„Du hast recht, Kiran. Danke, dass du mich daran erinnert hast."

Sie schüttelt sich erneut und verdrängt all die negativen Gedanken. Oder versucht es zumindest. Zeit zum Trauern wird sie später haben. Jetzt muss sie das zu Ende bringen, was sie angefangen hat.

„Thorin, seid ihr noch in der Lage, weiterzugraben?"

„Jawohl!"

Alle sieben Kameraden stehen in einer Reihe und melden sich gleichzeitig. Die meisten von ihnen sehen aus, als wären sie durch den Fleischwolf gedreht worden.

„Gut. Kiran, schnapp dir zwei Arbeiter und führt sie mit dem Licht den Tunnel entlang. Seht nach, ob ich mit meiner Vermutung recht hatte."

Sie holt nochmals tief Luft.

„Wenn der Tunnel tatsächlich noch nicht fertig ist, müsst ihr weitergraben. Aber wenn ihr auf eine Wurzel stoßt, hört ihr auf und gebt mir Bescheid. Ich verhandle mit den Griffis."

Salutierend machen sich die Kameraden auf den Weg, tiefer in den Tunnel. Kiran winkt zwei Arbeitern zu und geht ihnen hinterher.

„Gil und Rhea."

Ihr Blick fällt auf die beiden, die sich aneinander festhalten. Ihr Herz verkrampft sich.

„Rhea, bist du in der Lage, weiterzumachen?"

So vorsichtig, wie Hina spricht, nimmt sie das Wasseremblem aus ihrem Hemd. Langsam löst sich Rhea von Gil und stellt sich vor Hina. Ihr Schluchzen kann sie nicht unterdrücken.

„Ich … ich mache dich nicht verantwortlich. Elysia … sie wäre so … stolz, dass wir es endlich geschafft haben. Sie hat sich so sehr darauf gefreut, endlich wieder Tageslicht zu sehen und es den Pyroniden zu zeigen. Und dann ist sie … sie …"

Erneut fließen ihre Tränen und sie sinkt auf die Knie.

Gil nimmt Hina das Emblem aus der Hand.

„Wir werden uns um die Verletzten kümmern. Diejenigen, die laufen können, werden euch unterstützen."

Seine Hand wuschelt Hina durch ihre mittlerweile sehr zerzausten Haare.

„Ich bin deine letzte Verteidigungslinie."

Nickend macht sich Hina auf den Weg, um zu den anderen aufzuschließen.

Alleine in der Dunkelheit überlegt sie, warum der Anblick von Gil und Rhea sie schmerzte. Es ist nicht, weil Gil jemand anderem Trost spendet, sondern dass er es wieder tun muss.

Schon wieder ist eine gute Seele gestorben, weil einer ihrer Verehrer es auf sie abgesehen hat. Schon wieder wurde dieser elenden Welt ein Lächeln gestohlen, dass so vielen Hoffnung geschenkt hat. Und dieses Mal lebt der Bastard auch noch. Und zu ihrem Leidwesen muss sie ihm rechtgeben. Sie wird ihn wiedersehen. Und sie wird beenden, was sie angefangen hat. Aber zuerst muss sie lernen, ihre Kräfte besser zu kontrollieren. Rorick hat Elysia innert Sekunden zu Asche verbrannt. Und vermutlich hätte er alle zu Staub verbrennen können, wenn er gewollt hätte. Jedenfalls scheint es ihn kaum Kraft gekostet zu haben. Hina hat den ersten Hüter des Feuers definitiv unterschätzt. Und das wird ihr nicht noch einmal passieren.

Als sie ihre nächsten Schritte festgelegt hat, hört Hina ihren Namen. Kiran kommt angerannt und zeigt aufgebracht in die Richtung, von der er kommt.

„Die Wurzeln sind schon da! Wir mussten gar nicht weiter graben!"

Hina nickt und rennt mit ihm zusammen zu den Kameraden, die in einer Reihe stehen, um alles hinter ihnen, vor den Wurzeln zu schützen. Ganz so, als würden die Pyroniden erneut angreifen.

In dem schaurigen Licht der drei Leuchtkristalle sehen die Wurzeln wie Schlangen aus, die sich nervös hin und her schlängeln.

Sanft greift Hina nach einer der Wurzel und atmet nochmals tief durch.

„Wir sind auf der Flucht vor dem Feuerwesen und bitten um Asyl. Wir sind weniger als hundert."

Eine Weile passiert nichts, dann öffnet sich die Decke über ihnen und eine riesige Sonnenblume mit einem freundlichen Gesicht und aufgeweckter Stimme erscheint.

„Oh! Sie hatte also wieder recht! Du bist bestimmt Hina! Wir haben dich und deine Freunde erwartet! Kommt, wir helfen euch hoch. Ihr müsst die Sonne schrecklich vermisst haben."

In einer unglaublichen Geschwindigkeit stürzen sich Lianen in den Tunnel und Sekunden später sind Schreie zu hören, die schnell näher kommen.

Zusammen werden alle an die Oberfläche getragen und sie müssen ihre Augen vor dem Sonnenlicht schützen.

Als sich Hinas Augen an die Sonne gewöhnt haben, kann sie nicht fassen, was sie soeben sieht:

Inmitten eines grünen Tals erheben sich kleinere Gebäude, mit Wänden aus dichten Lianen und bunten Blüten, die in allen Farben des Regenbogens blühen. Die Luft ist erfüllt von einem süßen, blumigen Duft. Die Straßen sind mit weichem Moos bedeckt und überall sprießen schillernde Blumen in den verschiedensten Formen und Größen: von zarten, schwebenden Blüten hin zu majestätischen, hoch aufragenden Pflanzen, die wie natürliche Skulpturen wirken. Kletterpflanzen umschlingen die Häuser und bilden lebendige Vorhänge, die im Licht der Sonne schimmern.

In der Mitte der Stadt befindet sich ein großer, glitzernder Teich, dessen Wasser die Strahlen der Sonne reflektiert. Um den Teich herum wachsen prächtige Bäume mit ausladenden Kronen. Bunte Schmetterlinge und summende Bienen fliegen geschäftig umher, während Vögel in den Ästen singen und die Luft mit ihrer Melodie erfüllen.

Hina erkennt zwischen all den Wundern verschiedenste Griffis, die sich miteinander unterhalten. Und noch andere Wesen. Kleinere, haarlose Männlein, die mit sehnigen Armen und Beinen gemütlich über das Moos hüpfen und lachen.

Hina hält den Atem an.

„Das sind Nugris …"

Die freundliche Sonnenblume erscheint wieder an ihrer Seite und verbeugt sich tief und deutet auf den moosigen Weg vor ihnen.

„Herzlich willkommen in Flores!"

DANKSAGUNG

Ein weiteres Kapitel von Hina's Reise geht zuende
und ein neues beginnt.

Ohne meine Freunde und all die herzerwährmenden
Rückmeldungen, wäre dieses Werk nicht möglich
gewesen.

DANKE!